《乡读手记》入选国家新闻出版署
《2020年农家书屋重点出版物推荐目录》

王学武 ——著

姚科 ——朗读（节选）

乡读手记

北京大学出版社
PEKING UNIVERSITY PRESS

图书在版编目（CIP）数据

乡读手记 / 王学武著.— 北京：北京大学出版社，2020.1

ISBN 978-7-301-30794-6

Ⅰ.①乡… Ⅱ.①王… Ⅲ.①诗集－中国－当代②散文集－中国－当代

Ⅳ.①I217.1

中国版本图书馆CIP数据核字(2019)第215529号

书　　　名	乡读手记 XIANGDU SHOUJI
著作责任者	王学武　著
责 任 编 辑	邓晓霞
标 准 书 号	ISBN 978-7-301-30794-6
出 版 发 行	北京大学出版社
地　　　址	北京市海淀区成府路205 号　100871
网　　　址	http：//www.pup.cn　　新浪微博：@北京大学出版社
电 子 信 箱	zpup@ pup.cn
电　　　话	邮购部 010-62752015　发行部 010-62750672 编辑部 010-62753334
印 刷 者	北京中科印刷有限公司
经 销 者	新华书店 889毫米×1194毫米　32 开本　11印张　240千字 2020年1月第1版　2021年7月第4次印刷
定　　　价	68.00元

未经许可，不得以任何方式复制或抄袭本书之部分或全部内容。
版权所有，侵权必究
举报电话：010-62752024　电子信箱：fd@pup.pku.edu.cn
图书如有印装质量问题，请与出版部联系，电话：010-62756370

愿你出走半生，归来仍是你
——《乡读手记》序

张抒扬

  由"孝亲三部曲"(《亲疼》《亲缘》《亲享》)作者王学武和著名主播姚科老师联袂完成的《乡读手记》，与读者见面了。

  认识学武老师，是因为他的亲情文字。七年前，我应邀参加北京大学出版社为他的《亲疼》举办的新书首发座谈会。读他的文字，一个深切的感受是，作品近乎白描的语言，平淡，朴实，却有一种摄人心魄的力量。他的文字都是很原始的或者说是家长里短、饮食起居的故事记述，但你能够感受到善的好的向上的积极的情愫。不少读者朋友被朴实中讲述的亲情故事所打动。

  与学武老师有深入交流，是北大出版社为他出版亲情文字"孝亲三部曲"。受出版社委托，学武老师作为主编，邀请我写了两篇文章——《家心》《像谁》。至今记得，从标题到文章结构，学武老师都与我进行了沟通，提出了平实的建议，使我这样一个习惯了患者病例记述和学术报告撰写的人，换了思维写生活里细微但不失温暖的小故事。我的父亲母亲还有大哥二哥读了都很开心。

  与学武老师有更深的沟通，是北大出版社出版我主编的

《医之心——好医生执业志》。这是一部由来自11家著名医院的29位医学专家撰写的文字组成的作品，出版社邀请他做特约编审。学武老师并非学医，但却能用心体会专家文字里的医之专、医之难、医之疼、医之美的讲述。收到专家们的文稿，他总是以最快的速度将自己的审改意见返回。有的稿子，还专门到专家所在的医院当面沟通。我曾笑称他的工作精神比协和还协和，学武老师也因此深得大家的尊重，至今我心怀感激。

学武老师的文字平淡如水，但正是这种朴实，触动了读者柔软的内心。正如北大出版社张黎明总编所评论，"学武把稀释在日复一日、年复一年的时间长河中、掩藏在柴米油盐、家长里短的平淡生活中的人生最可宝贵的亲情打捞、提炼出来，让我们看到平淡生活中真正醇厚的东西，而这些恰恰是我们所忽略、遗漏的"，我也深有同感。

问过学武老师，新书为什么叫手记。他解释说，所有的文字都是随手随心的寻常生活记录，算不上严格意义的诗文。但我，有幸作为《乡读手记》出版前的读者，读了所有的文字后，恰恰再次感受到了新书继续保持的朴实文字品格的温暖。他文字里的真、情，还有字里行间的静，他的自觉不自觉中流露的知恩、感恩，有点像新城市民谣，时代感与岁月沧桑感交融在一起，带给读者一幅幅乡村幸福记忆的画面。

"故乡是既远又近的相思相望/故土故人故事此生难忘/那既近又远的地方/触不到时叫梦乡"，读着这样文字，每一个游子都会想起自己的故乡。"淳安离首都远不远/远到总把过年过节盼/归乡的人都有回家的故事/这次我们坐首发高铁午发夕至",《我们坐高铁回来了》讲述了作者老家千岛湖通高铁的喜悦。"欻，安静了/欻，放手了/思维停滞在瞬间/思绪空白在世间/欻，不再陪了/欻，再不陪了/两个世界不会再见/你我不用彼此挂牵",《定格了》则是用最简洁的文字记述了亲人的离别。

"都说清明是感伤的节气/我说清明因感念更富生机/远去的人与春色的盎然同在/扫墓的我们扫墓本身是生生不息",《清明之歌》从另外的视角把本该感伤的时节，写得富有勃勃生机。"五点半的晨跑/还看不太清跑道/零下的风有点冻耳朵/穿得暖和跑几圈就不退缩/前面的老大哥/热忱跟人招呼着/'别太快，快了伤膝盖'/'谢谢，好的，听老哥的'",《五点半的晨跑》表达了作者对生活的热爱。"我们都是追梦人/这一声的简约透着认真/万象更新人们轻装再出发/逐梦的旅程涵养追梦的坚韧",《我们都是追梦人》表达有梦想的时光的美好。"什么时候起你把世界装到了兜里/什么时候开始人们把眼界放在手里/什么时候起街头的报亭变得越来越少/什么时候开始地铁里已不再人手一份报",《智能手机》平实展现了人们的现代生活。

"嗨，你的号码还在，尽管从你离开的那一天起，我告诉自己，那个号码不必再打。"《嗨，你在》讲述了作者对逝去亲人的感念。"总是看到用'伟岸'来形容父亲的身躯，而我的父亲却是步履蹒跚，佝偻着身体度过了晚年。"《父亲"结"》记叙了作者对父亲的感怀。《说不出那个

"谢"字》《其实,我们时常活在内心的碎叨里》,记录的是司空见惯的生活的美好。

由乡村巨变感怀、亲情温暖感念、本源初心感读,以及淳朴故土之情分享四个主题构成的《乡读手记》,是一部由温暖的文字组成的作品。作为北大出版社倾力推出的乡愁感读作品,《乡读手记》采用原著、主播朗读、网络收听三者联动结构,读者可通过扫描封底二维码,直接感听著名主播姚科老师的真情朗读,体味质朴而富有时代气息的乡愁意蕴。

姚科老师的朗读,可以作为朗读经典、朗读教材收藏。学武老师的文字,可以让你感受富有时代感的乡情、乡亲、乡土等现代乡村生活内容。姚科老师与学武老师的合作,当是"科学组合"。

有一种情怀,叫乡愁。有一种分享,叫共读。谢谢北大出版社为我们带来《乡读手记》。

(张抒扬:心血管病学专家,北京协和医院主任医师,教授、博士生导师)

「目录

一 乡读手记·乡之情

1. 故乡 /2
2. 出门歌 /4
3. 温暖的故事 /5
4. 故乡的月光·故乡的暖阳 /6
5. 找你找了很多年 /7
6. 幻变 /8
7. 有一种愁说愁不是愁 /9
8. 千岛湖之歌 /10
9. 千岛湖畔 /12
10. 今晚，月亮 /13
11. 待 /14
12. 北京 /15
13. 乡聚 /17
14. 吃年饭咯 /18
15. 归梦 /19
16. 见一见 /21
17. 牵挂 /22
18. 对联 /24
19. 怕回答回不回 /25
20. 念·想 /26
21. 走了 /27
22. 回不去的那个地方 /28
23. 望归 /29
24. 扁担 /30
25. 有过今生已幸福弥漫 /31
26. 最长的离别是你离开 /32
27. 你好，我好，我们都好 /34
28. 在意此生的在意 /35
29. 深吸一口故乡空气 /37
30. 牵挂是不是一种守护 /39
31. 等你来 /40
32. 家乡故乡原乡 /41
33. 只有你懂 /42
34. 安川小子 /43

1

目录

35. 北京的秋	/44	53. 故乡的溪滩	/68
36. 飞行模式	/45	54. 在四月里感念	/69
37. 水秀千岛	/46	55. 相约乡读	/70
38. 承认,承认	/47	56. 谢谢你来到安川	/72
39. 千岛湖心怀	/48	57. 老远地你叫一声我的名字	/73
40. 启程	/49	58. 乡愁的模样	/74
41. 我们坐高铁回来了	/50	58. 每个人都终要离场 ——送别老家友亲让来	/76
42. 好山好水好淳朴的淳安元素	/52	60. 愿你就是威坪	/77
43. 桂花树下	/54		
44. 砍柴的情分	/56		
45. 这次回家更像游子	/57		
46. 在心里某个地方感受你的至近	/59		
47. 归去来兮	/60		
48. 今生惟念	/61		
49. 归来仍是你	/62		
50. 默默的乡思静静地长	/63		
51. 幸福是在熟悉的地方坐坐	/64		
52. 今生认	/66		

二 乡读手记·亲之情

1. 回家就是一个念头 /82
2. 起笔落笔之间 /83
3. 相伴尘世一场 /85
4. 我只要 /86
5. 对手 /87
6. 有缘的疼和爱没有假如 /88
7. 父亲的自豪，母亲的尊严 /89
8. 父亲的胡琴母亲的手机 /91
9. 今生缘 /92
10. 妹妹的日子 /93
11. 那一刻 /94
12. 守望团圆 /95
13. 你词库里没有的字眼 /97
14. 那年今日 /99
15. 心空 /101
16. 多想 /102
17. 离歌，不要太伤感 /103
18. 借粮食·借生活 /104
19. 时光温暖 /105
20. 目光 /107
21. 曾期待 /108
22. 缺粮户·余粮户 /109
23. 从未 /111
24. 父亲 /112
25. 情怀 /113
26. 菜园 /114
27. 丝线 /116
28. 家书 /118
29. 定格了 /120
30. 每天都是最好的 /122
31. 开心时你泛着泪花 /123
32. 习惯了过没有你们的年 /124
33. 为岁月点赞 /125
34. 家图腾 /126

目录

35. 你们 /127
36. 远行与归来 /128
37. 怕回还回 /129
38. 此去经年 /130
39. 几号回 /132
40. 让，快乐，留存 /133
41. 俩俩相忆 /134
42. 没你的日子 /135
43. 疼我，你们总是不说 /136
44. 阳光暖在心上 /137
45. 姆欷，叔欷 /138
46. 谁写在谁心上 /140
47. 想回还是不想回 /141
48. 你是我的心情 /142
49. 一份潇洒有没有 /143
50. 见与未见心里都温暖 /144
51. 纷纷雨暖暖阳阐释一个清明 /145
52. 你将情怀融进四月的暖阳 /146
53. 谢谢你让我生命里有你 /148
54. 父亲，母亲，原谅我这次没去看你们 /149
55. 不及泪 /151
56. 祈愿·许愿 /152
57. 勿念·无念 /153
58. 别送了，回去吧 /154
59. 叫叔的父亲 /156
60. 端午货 /157

三 乡读手记·心之情

1. 生命，就是每天有个约会　　/160
2. 做一个简单的人　　/161
3. 每个人都是一个世界　　/162
4. 别太out　　/163
5. 别活在遗憾里　　/164
6. 否极泰来　　/165
7. 雨露阳光，何时不天堂　　/166
8. 我有一份心情　　/168
9. 有情比无情多　　/169
10. 采一束阳光放在心里　　/170
11. 四月　　/171
12. 多少年后　　/172
13. 清明是芬芳　　/174
14. 清明之歌　　/175
15. 待到山花烂漫时　　/176
16. 阳光　　/177
17. 心融结　　/178
18. 一杯敬夜深　　/179
19. 五点半的晨跑　　/180
20. 莫问时间都去哪儿了　　/182
21. 雨在旧梦相思中　　/183
22. 日子与日子的耳语　　/184
23. 趁时光正好　　/186
24. 一生画一个圆　　/188
25. 朔风吹　　/189
26. 年轮　　/190
27. 元月　　/191

目录

28. 淡淡的，是世界的白描 /192
29. 共安 /194
30. 时间里的光阴 /195
31. 真 /196
32. 善 /197
33. 美 /198
34. 昨天 /199
35. 今天 /200
36. 明天 /201
37. 美好是岁月本身 /202
38. 一生有你 /203
39. 说穿 /204
40. 共情世界 /205
41. 时光有声 /206
42. 年龄狗 /207
43. 所有经历都是必修的功课 /208
44. 我们都是追梦人 /209
45. 我不年轻但也没老 /210
46. 往事随风 /212
47. 无所求便什么都有 /213
48. 微笑 /214
49. 男人树 /215
50. 真心待时光 /216
51. 这世界待我不薄 /217
52. 梦想总是要有的 /218
53. 智能手机 /219
54. 对自己负责也是一种燃 /221
55. 还行 /222
56. 谁说平淡不可以是一首歌 /223
57. 地方方 /224
58. 缘落缘起 /225
59. 今夜 /226
60. 心海 /227

四 乡读手记·淳之情

1. 嗨，你在 /232
2. 感动，是心缘 /237
3. 细微之间 /242
4. 父亲"结" /248
5. 放下我们的日子，不是母亲的忌日 /254
6. 最是相近在寻常 /260
7. 说不出那个"谢"字 /267
8. 端午归 /270
9. 勿拂女儿心 /274
10. 孩子，感恩是你懂得敬畏 /276
11. 感念辣酱 /279
12. 其实，我们时常活在内心的碎叨里 /282

目录

五 补录

1. 等下雪	/288
2. 下雪了	/289
3. 慢慢说	/290
4. 本来平行两个人	/291
5. 父亲心	/292
6. 风拂过雨飘过	/294
7. 放空	/295
8. 我喜欢你快乐的样子	/296
9. 许	/298
10. 还	/300
11. 美逢其时	/302
12. 每一天都是奔头	/303
13. 山水故事	/304
14. 寻常说	/306
15. 暖暖	/308
16. 想看看你	/310
17. 冬至	/311

18. 乡愁对我说　　　　　　/312

19. 一碗面一念长　　　　　/313

20. 苦乐心定　　　　　　　/314

21. 有一种遗落叫记得　　　/315

22. 淳歌　　　　　　　　　/317

23. 千岛湖之春　　　　　　/319

24. 时空　　　　　　　　　/320

25. 奋斗的人都了不起　　　/322

26. 像风一样穿越　　　　　/324

27. 天亮的声音　　　　　　/326

28. 时光不会　　　　　　　/328

29. 愿中愿　　　　　　　　/329

　　后记　　　　　　　　　/331

　　生活是一首诗，生命就是一首歌　/332

一乡读手记·乡之情

1　故乡

故乡是一瓶辣酱
有时是一包冻米糖
故乡有时是一袋石笋干
有时是妹妹快递来的腌菜管

故乡是柴叶豆腐的一份念想
有时是油豆腐炖肉的香
故乡是带来的火腿
有时是明前的茶

故乡是威坪三宝
辣酱腌菜管苞芦粿
有时是排岭的珍馐三弄
有机鱼头笋干煲和清水湖虾

故乡是一句乡音
有时是童年的相近
故乡是过节有菜包子盼
有时是有新袜子过年的心愿

故乡是门前小溪流动的清澈
有时是泉边痛饮的快乐
故乡是暖流在心间
有时是感动无言

乡之情

故乡是他乡相逢
有时是共同的亲朋
故乡是别人问老家哪儿
你回答千岛湖时自豪到了萌

故乡是走过太多次的一段路
有时是那段路上的梦想
故乡是曾徒步赶船
如今公路村村通

故乡是既远又近的相思相望
故土故人故事此生难忘
那既近又远的地方
触不到时叫梦乡

故乡是一份初心
初心是奋发的背景
故乡可是你生命的底色
很多年成了前行方向的引领

故乡是国之缩影
爱故乡才会真爱国
听到故乡有一点点变化
你会很幸福幸福到滋养生命

故乡是一份牵挂
乡情传递生生不息
那个想起就温暖的地方
她的名字就叫亲疼亲缘亲享

2　出门歌

天还没亮，你挑着米和辣酱
在你后面快走，朝着码头方向
我要赶头班船，你还要走回去干活
快三十里地来回，从未问母亲你累吗

先是到县城，后来越走越远
我总想起，你送我到码头赶船
那时的我们，就为了省三毛钱车票
月光里赶路，狗吠提醒码头还有多远

看我挤上船，瘦小的你转身
来不及留背影，你回去挣工分
一家人生计，压在你和父亲的肩膀
那时的我想，一定好好读书不负期望

后来方便了，已不用再赶船
环湖公路通了，你送我到村口
我却总是感念，以前你送我到码头
瘦小的你啊，从不言苦三十里地往返

如今更便捷，高铁已通县城
马上更方便，高速要通威坪镇
远行的你，回来看看从前赶船路吧
现在只用十多分钟，出门不再像从前

3　温暖的故事

一起在曾经砍柴的山上走一走
一块儿到烈日下割稻的田里瞅瞅
一个接一个在从前的泉边痛饮一回
一次又一次围着火炉讲起远行又远归

可记得年少的我们总是被大人们期望
离开贫穷小山村生活别像他们那样
学手艺或者能考上学校有个工作
生活有了保障就是实现了梦想

我们曾坐在一起比谁离家更远
过年时讲着火车转汽车再换轮船
有时显摆地讲如何托人买回家的票
后来越来越方便路上的时间越来越短

如今我们回小山村的家可以朝发夕至
小山村越来越美地呈现原生态样子
很想对让远行又盼远归的父辈说
曾经的嘱咐是此生温暖的故事

4　故乡的月光·故乡的暖阳

都说月光没有阳光暖
为何我总想起故乡的月光
有人说宁静的月光比阳光温软
何以我觉得是暖阳把月光撒满我心上

都说离家的人才想家
我说想家的人为何要离家
年少时月光里砍柴也有成就感
还记得大人们烈日学大寨的你追我赶

如今不用砍柴村里大部分用上了煤气
学大寨已成了那个时代的记忆
不知月光里的人今在何方
种地如今收成怎么样

谢谢故乡的月光这些年温软着我梦乡
谢谢故乡的暖阳把我的梦照亮
月是故乡圆亲是梦里乡亲
今生无论我怎样远行

5　找你找了很多年

想你想了太多年
我离开家后你就没再出现
工作累了肚子饿了总会想起你
看到过像你的样子近看却不是你

找你找了很多年
梦里梦到想触碰时已不见
曾经挑麦秆卖的日子才能拥有
帮人家干活时偶尔才能感受你是福利

雪白甜蜜是你的脸
叫那么美的名字可因内心甜
春夏秋冬哪个季节都守一份纯粹
别人待你怎样的温度你的品格也不变

洁白甜美你的容颜
又见到你这么多年后的今天
原谅我没能控制住自己激荡的情绪
迫不及待狠狠咬了你一口莫往心里去

你的名字好美好甜
承载那个清贫年代美好信念
雪饼顾名思义洁白如雪的酥甜的饼
今天见到你还像小时候一样甜入心田

6　幻变

第一次看见带方向盘的拖拉机
好多小孩在后面追着觉得好神奇
第一回坐轮船到那个叫排岭的县城
年少的我头一回来到了传说中的城里

第一次挑米去赶三毛钱到码头的汽车
车没停扬尘留下怕赶不上船的忐忑
能挤上船走三小时到码头不叫苦
羡煞船上买得起面的人的快乐

再后来第一次见到了火车站台
车过万水千山到了叫成都的都市
从有定额粮票全国粮票到不用粮票
从成都再到北京工作赶上的是好时代

见证改革开放四十年是这辈子的幸运
时代变革带我走出叫安川的小山村
山村人不再需要赶船去外面世界
高速公路后的老家马上通高铁

如今码头成回忆赶船已是感念
船上的面条幻变出了鱼街风景线
排岭已是国家级千岛湖风景区中心
一湖秀水滋润出家乡淳安独有的风景

7　有一种愁说愁不是愁

有一种愁说愁不是愁
却总是不时涌起在心头
这愁伴你到天涯又到海角
安静时她就是歌词里那份柔

很久未听到的老家话
好久未吃到的老家味道
说很久梦里刚见从前小道
没好久内心却一直未停牵挂

这愁可是母亲炒菜舍不得放油
这愁可是父亲为孩子学费愁
这愁可是想不完的小时候
这愁可是一张车票悠悠

如今盼了好久的高铁就要通了
很想写封信给不识字的父母
让邻居帮念念孩子的快乐
乡愁不是愁享你已幸福

8　千岛湖之歌

我的老家有个湖
弯弯秀水漫过山麓
碧绿是清泉汇聚的颜色
彩带是环绕着湖畔的公路

我的老家有一千多个小岛
守望山色湖光不见苍老
原本的小山探出脑袋
此身献出一份妖娆

因岛因湖叫千岛湖
名字源于新安江水库
建水库两座城池沉水底
29万人背井离乡拜别故土

叫千岛湖的地方又叫淳安
到过才知绿色是生态园
鱼头笋干煲清水河虾
眼福口福你可怕馋

我的老家梦里常回
山之清水之秀湖之美
想体味本色纯静的朋友
去吧去吧不去你可能后悔

「乡之情」

愿意说那湖水是一泓心泉
连着乡亲连着淳安血缘
不会忘自己是淳安人
无论今生会走多远

9　千岛湖畔

曾在你的怀里奔跑
曾拥享你静静的怀抱
这里清风徐徐涵养初心
这里四季分明，哪一季都水秀山清

如今在你身旁徜徉
你从不责怪我的梦想
你这么温馨我却离开你
多少年之后归来，你已美得更年轻

朋友，想不想到我的故乡去看一看
我陪你漫步在千岛湖畔
柔软你的不止是风景
灿烂有时是份宁静

在湖畔的霞光里，在秀水的纯粹里
心湖交融着自然的美丽
来过一次想不想再来
看你对美在不在意

乡之情

10　今晚，月亮

雪饼、麻饼，还有金枣
月饼、平鱼，玫瑰香葡萄
听首中秋的歌，远方写进诗文
在北京的中秋，也有了老家的味道

听歌、数圈，清早晨跑
健康、快乐，满满的幸福
很多年，没吃到老家雪饼麻饼
在北京叫江米条的金枣，醇甜在心

时间、空间，疼了世间
他乡、梦乡，远乡在心田
人们总是说，每逢佳节倍思亲
我想油笋粉馃，那是母亲做的月饼

距离、分离，此生别离
梦里、诗里，你在我心里
满屋飘绕，油笋粉馃的那个香
还有老桂花树，每次回村我都凝望

天亮、敞亮，今晚月亮
乡思、乡愁，温软是远望
你说，吃个雪饼麻饼还是月饼
心里享心里的在乎，是团圆的守望

13

11 待

炊烟在心头袅袅升起
清泉它在梦中潺潺不息
牵牛的绳子拴住一棵松树
我躺在石榻上看借来的小人书

牛在慢条斯理地嚼着青青的草
轮到放牛是农活里的轻松
拍拍牛背到底谁陪着谁
心里想老能放牛多好

离开老家再没放过牛
回去很少见这样的镜头
父辈对犁田的牛很是心疼
嘱咐放牛孩子要让牛吃饱吃够

如今会耕田的父辈好多已离开
每次回去我都要田边待待
不时见小车从村里驶过
淡淡惆怅算不算感怀

乡之情

12 北京

很想陪你在北京的街上走走
像城里人一样到紫竹院散个步
过马路拉一次从未拉过的你的手
倔强的你会不会不习惯这样的照顾

高速两个小时老家到杭州别怕晕车
到北京高铁五个钟头看一路景色
从南往北你会感觉景致的不同
真想买了车票把你"架"上车

带你坐地铁去天安门看一看
再买两张票我们上城楼站一站
那是村里人电视里常看到的地方
不识字的你会怎样表达内心神圣感

你一定也想去毛主席纪念堂
看一看老人家,表达内心的敬仰
母亲从纪念堂出来时眼里噙着泪
经历过旧社会的人一定跟母亲一样

来吧父亲,北京的冬天家里有暖气
习惯了火炉边烤火的你是否愿意
没有炭火炖菜也不能烘苞芦粿
倔强老头你会不会莫名起急

乡读手记

和父亲在北京的街上走一走
虽然只是又一次出现在梦里头
这辈子已经没有机会再实现愿望
梦里带你街上走走也会少一丝愧疚

13　乡聚

盼了一冬的雪
雪未至，乡聚如约
约相聚，因一份牵挂
挂记，离家的人心里放不下老家

家乡的变化，我们在重逢中聆听
听来自千岛湖的佳音
音融了多少的乡思
思绪暖着家心

心问多久未回
回了，常是梦里归
归又未归勤勉淳安人
人说不忘初心是未忘你从哪里来

来吧，我们用心干杯，祝福家乡
乡情，是满满的期望
望一湖水秀的康美
美是高铁要通了

14　吃年饭咯

穿上新袜
刚剪了指甲
让365天的牵挂歇歇
洗个热水澡享你的宁静也奔放吧

没你做的布鞋啊
就好好把皮鞋擦亮
心里走一遍上坟的路
不能上坟就心问故去的人你可好

亲是无言的在意
疼是寄去的保暖秋衣
问寒总比问暖更在意亲缘
没新布鞋换新鞋垫你还在我心里

那声呼喊穿越心底
像你在的时候一样呼唤
"吃年饭咯"喊在我的心里
年饭，是亲疼和亲缘的生生不息

「乡之情」

15 归梦

常乡思
情丝丝
谁说少小离家老大回
我说老大回家不少小
多少次的远行又远归

一泓泉
浸心弦
一声吃吃吧寻常问安
邻居长辈们日常相见
不再忧虑着柴米油盐

烧柴火
大铁锅
蒸包子白米馃靓梳馃
做米糖酿米酒置年货
买鞭炮写对联已红火

上上坟
念故人
勤劳已是感恩的传承
生生不息如门前小溪
走到哪里根是此乡人

敬杯酒
化乡愁
你家老大回来过年吗
每年初二孩子一起回
邻居谈天幸福在心头

一夜梦
留心中
乡愁,怎是一张车票
归梦,小村年味心撩
不回,这一次又梦到

乡之情

16　见一见

多少年了我们都不曾碰面
记得有好几次我回老家过年
你都没回我们一起长大的地方
问了邻居这几年你都在城里过年

这些年是不是还那么舍不得休息
听说你的大孩子都已经工作了
有手艺的你一定要注意休息
毕竟我们的年纪都不轻了

没你的微信没你的手机号
就在心里遥遥地祝福好不好
还记得吗父辈互相照顾的情景
他们都走了只留下记忆里的背影

一起砍过柴的你什么时候回老家
我们一起在门口小溪捞一次虾
还像过去那样用大碗喝啤酒
见一见听你说多久没回家

17 牵挂

静静地享孤独让我不孤独
默默地想你的好让回忆更美好
我懂终有一天无需孤独听灵魂自诉
我已理解你的好会无言地陪我到终老

你说只要我们好你就比什么都要高兴
勤俭勤快勤劳是相伴你一生的性情
生活怎样艰辛也没有失去信念
日子再难你也不尤人怨天

出早工是那个时代的印记
晚上昏暗煤油灯下还要纳鞋底
生活的希望用一针一线去安静编织
穿你做的布鞋过年是今生难忘的记忆

又快过年了我却不想回那个熟悉的家
记得前年回老家进家门时心里的怕
没有了想着给你带东西的快乐
牵挂可还是那份温暖的牵挂

「乡之情

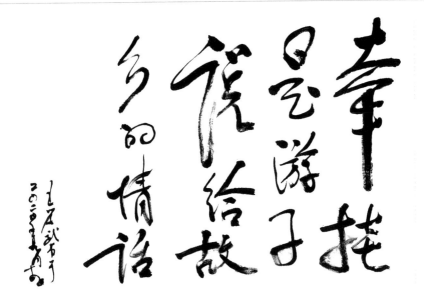

▲ 牵挂

18 对联

父亲好像在小铺前买肉
母亲在每个摊位看看走走
跟在他们身后的我随时准备掏钱
愿意节俭的父母买年货时不那么抠

看见不远处有人在写对联又卖对联
问父亲是否买写好的对联回家贴
父亲说还是买两张对联纸
让富才或应和伯帮写写

父亲好像更愿意孩子写
还记得有一年我写的对联
上联大概意思是,勤勉生生不息
下联几个字应该是,和顺处处是春

明明在离村几里地的仙山街买年货
看父亲轻轻在一个鞭炮箱子上摸
问他买多大的转眼却不见
梦醒只有猫叫在枕边

19 怕回答回不回

以为想你的念头已经变得很淡
一样地早起一样穿行在平凡
看到别人引着老人过绿灯
还会驻足羡慕地看一看

马上又到过年的时候了
总想起你叫我们吃年饭咯
那桌粗粮细做的年饭的喷香
是这辈子忘不了的美好和快乐

还记得头一回攒了五百元回家
心里想先给父亲买串鞭炮吧
再给父母一人一百压岁钱
为父亲买烧酒买几包烟

如今做年饭的人已不在
喜欢放鞭炮那人也已离开
我已怕回答回不回老家过年
心里想想油豆腐炖肉的汤瓶菜

20 念·想

回家的路有多长
想想离家时的向往
初心回到初心有多远
无言的叮咛还在我心上

何时起家乡已成了梦乡
那梦乡里最近的地方
是屋后竹子的绿色
门前小溪在流淌

家心是不是力量
年少的伙伴怎么样
两鬓是否也已经霜染
重逢还会想一起砍柴吗

想回回去了已没人眺望
回望村脚远送的目光
舀泉水给我喝的人
已不在那个地方

回不回都是念想
想你不是心在流浪
想着想起想到就温暖
离开多久都温暖在心房

「乡之情

21　走了

走了，世上最简单的道别的话
每一次离别总是假装得很潇洒
没有拥抱没有不舍的拉拉手
想说的太多却是不敢回望

母亲涩涩地挥挥伸不直的手指
父亲佝偻着看我带火腿离开
想要对你们说注意身体时
常是话到嘴边却已哽咽

走了，这一声的简单无处再说
村口道别已远去咋仿佛如昨
注意身体啊那句话好苍白
无需道别这次你们走了

22　回不去的那个地方

有人说每回一次家
都是将更温软的乡愁攒下
有的人说家乡成了你的故乡
就是离家乡成梦乡多了一缕感伤

有人说那个想回你又怕回的地方
是怕回想回回又离开的远方
怕回是回一次多一次离别
多少次回还成故乡

有人说回不去的那个地方叫故乡
为何你常回的地方成了远方
有的人说相思终成了乡思
是初心那程路太长

23 望归

多久了不曾回
立冬的时分告诉我
冬至已是不远的望归

望归,不是心碎
浪漫是此生温情的醉
温情最是亲疼相伴又相随

相随,是相望的心举杯
别后的你是否眺望雁南飞
你可知望归的雁想回又怕回

怕回,重逢又离别的泪
每次的重逢都不忍把手挥
走出好远猛回头你还站在村尾

村尾,感伤又幸福的回味
多少次重逢就有多少次离别
离别是望归的且舍且行且盼的美

24 扁担

它一头担生计一头挑着期望
它一头挑着辛苦一头担着向往
它一头连着地头一头系在了心头
它一头系父亲憨厚一头连母亲要强

它一头挑着米和梅干菜一头是梦想
它一头是萝卜干一头担的是希望
母亲陪我赶船后又带它到地里
父亲到县城后又用它挑土方

曾经是每家生计的必不可少
与担柴用的柴冲堪称手足同胞
劳动力强弱只需看有多少根扁担
日子红不红火你看它的材质好不好

听说扁担用英文只能大概其地意译
肩膀上的杆子像不像扁担的涵义
惭愧发不准shoulderpole的音
扁担上的生活却是此生记忆

注：柴冲，小树杆制成的两头尖的挑柴工具。

25 有过今生已幸福弥漫

远去了你的牵挂
挂不通你的电话
话语里的你那样知足
足以融化你吃过的太多的苦
苦不是你的泪泪是我心里你未享的福

福祉是你笃信的勤快才过得上好日子
子女别再像你有那么多的苦吃
吃穿不愁是你的梦想
想现在的你怎样
样样可如你期望

望归是梦里的远
远方你是否孤单
单程是唯有一次的缘
缘分最重要的不是离合聚散
聚散皆是缘分有过今生已是幸福弥漫

漫漫是前行路有牵挂才有时光的丰满
满满的回放是享不够的温暖
暖暖的疼烙印在生命
生命像注释至亲
亲是一生的温馨

26 最长的离别是你离开

你的心愿
你的期盼
总是指引着我的前行

你已离去
从此无聚
再也听不见你的声音

你的情意
你的心意
是一生的艰辛和付出

不想回忆
不想记起
你离去时那样的无助

依旧冬去春来
依然感念在怀
你总是对自己不疼爱

你在时的牵挂
是每天的电话
此生缘已尽走就走吧

「乡之情

家是你你是家
家乡今成故乡
最长的离别是你离开

倘若真有天堂
别再苦着自己
我已打不通你的手机

27 你好,我好,我们都好

你好
你好好地
你好好地过好每一天

我好
我好好地
我好好地拥着每一天

我们都好
我们都好好地
我们都好好地珍惜每一天

好好地
好好地,我们
每一天,我们都要好好地

28　在意此生的在意

曾经以为已忘记
夜深发现还在记忆
记得的都是很小的事
清晰是你帮助我的样子

那个年代的我们都不懂
艰辛时的关照叫情义
年少的我们也从容
干农活总在一起

你问现在的在意
总是有意无意想起
那个年代情义好纯粹
记着一起趴在泉边啜饮

后来我们都听父母的话
努力想让自己有出息
我去上学你学手艺
我们都很少回家

曾经的彼此关照
不好意思说是情义
想问问各奔东西的你
这些年来是否过得还好

好吧学点仪式感
情义万岁万岁情义
说出彼此牵挂多简单
在意此生的在意已欢喜

乡之情

29 深吸一口故乡空气

走了
又一次走了
想着下次回来
纵有多少的不舍

见到
或者没见到
依旧地说不出
感恩是冰啤的妙

很怕
很怕又道别
挥手不算纠结
再见是心里相约

安川
跑到虹桥头
是初心的敬畏
又是内心的祝福

想说
说给众友亲
莫负故人心愿
我们都好拎拎嘎

「乡读手记」

深吸
吸一口清新
故乡空气的柔
乡思又让我带走

注：好拎拎嘎，淳安威坪方言，意为"好好地"。

30 牵挂是不是一种守护

总是在入睡以前不知不觉想起从前
从前的伙伴什么时候起很少见面
见面后来仿佛变得有点奢侈
奢侈的重逢记在了心里面

心里面珍藏的记忆好像跟年龄无关
关心过问过你在哪儿回家远不远
远在他乡多久才能回去看看
看看那小溪和砍过柴的山

山坞的记忆泉水的回忆算不算牵挂
牵挂是不是在心里守护远方的家
家其实没有多远就在你心里
心里记得我们一起捞小虾

小虾在笊篱里蹦啊跳啊我们好兴奋
兴奋的我们想起来就要往溪里奔
奔好日子奔你我说过的梦想
想想有梦逐梦就不负时光

31 等你来

等你来,我的朋友
一湖秀水的美不分季节
绿水青山随时随处可以有
别忘带充电宝这里的景美不暇接

陪你去,约个周末
这里不同季节美味不同
你别把时间搞得太不从容
愿意陪你穿过湖到小山村看看么

等你来还是陪你去
不用纠结有哪些好去处
想泉水做的饭你不用犹豫
想吃大鱼头你就买张票到千岛湖

陪你去或者等你来
让山和水感受你的情怀
如果你愿意我就陪着你
那就约春天千岛湖乡读节上等你

「乡之情

32 家乡故乡原乡

有一个地方,只要想起你就会向往
那个地方的故事,说起就思绪徜徉
有这样的人,重要节日你会去祭奠
被祭奠的人,没见过却是你的祖先

有人说,家乡是你回去还住的地方
从前居住现在回去不住的地方叫故乡
你的祖先以前居住过的地方叫原乡
已无法住还常回去的地方是什么地方

有人说不远行他乡的人是没有故乡的
无法住还常回去是家乡已成老家的人
记得祖先住过的地方的人是有原乡的
想回怕回怕回想回的人应是怎样的人

家乡故乡原乡,是不是同一个地方
家乡故乡原乡,可承载相同的期望
那个地方陪着你长大又给了你梦想
无论走多远你也不会忘记那个地方

33 只有你懂

回来即道别是情结还是情节
是不是重逢于久别才更把缘分理解
慢慢地渐渐地岁月已教我懂得了珍惜
每一次的靠近为什么总暖到了我心底

哪年哪月哪日起物是人已非
哪天起站在熟悉地方学会不再伤悲
分明熟悉的你温暖的故事还在我心里
熟悉的地方站一站胜过任何字的写意

一溪静静流淌的清澈你懂的
还有那一次次的时光道别你记得的
只有你懂也只有懂我的情结不会笑我
你是不是想说有温暖记忆的人更快乐

心心念念却挥手在那一分钟
说一生一世是不是也有些言不由衷
唯有你懂只有你懂离别是心里常相逢
我是不是一个想的比做的多得多的人

「乡之情

34 安川小子

记不记得第一次从家里离开
天还没亮那年奶奶也还在
在老家话里叫奶奶囡姆
叫一声忽然话说不出

后来离开家越来越远
从县城到杭州又到四川
看到了站台觉得世界好大
两天两夜的火车带我到好远

年轻的心既好奇又充满希望
还不理解此生牵挂是故乡
后来又从四川到了北京
想家掺杂了一丝惆怅

不记得回家多少次了
却记得先是奶奶不在了
喜欢放鞭炮的老父亲走了
辛劳一生的母亲也已离开了

安川小子到四川算不算不近
是不是很远四川又到北京
如今真的都已算不上远
下个月高铁就到淳安

35　北京的秋

北京的秋很短
却是漫眼尽在朋友圈
老舍说北京之秋便是天堂
那满地金黄的银杏树叶给大地铺了一层松软

北京的秋不长
人们用金色刷着希望
郁达夫心中北方秋意更浓
愿用寿命的三分之二换留跟南方的秋的不同

我说秋的北京
会意间飘落秋意分明
色彩斑斓不是用情在点缀
而像一块调色板把偌大四九城调得随处是景

来看过红叶没
那是漫山遍野的惊艳
更是烙印于心绝美的回味
别后悔啊深秋若在北京一定要拍几张好照片

「乡之情」

36　飞行模式

戴上耳机把手机调成飞行模式
飞行模式里让感念穿过云层
层层叠叠难说哪一层更深
深白的云醇过任何文字

又经一段小旅行感念可以歇歇
歇歇吧让思绪放个假给情结
情结情怀谁比谁滋润灵魂
灵魂每次感动便是确认

这一次亲友们都说以后常回来
来回一趟故乡会变得特别快
快通了高铁老家是始发站
站在湖畔看高铁多灿烂

想一想都美好当感念有加速度
度假休假都可增加幸福指数
数字就看你能有多少假期
期望拥享常回家的惬意

37 水秀千岛

皎洁的湖面亮闪闪
可是天上轻撩的一袭长衫
望见月亮从这座岛碎步另一座岛
波光粼粼像藏了另一个月亮的金灿灿

白天的船笛歇下了
彩带似的环湖公路安静了
湖上群鸟山坞小鸟谁催眠了谁
绿水依偎着青山梦乡中说谁许给了谁

你听谁在谁的情怀
千岛秀水水秀千岛都莫怪
记不记得哪年起谁也离不开谁
不必问淳安基因如何驻留千岛湖心怀

38 承认,承认

容易,容易被感动
却不太承认自己会激动
这回却越来越沉浸在激动中
情不自禁传递这份激动中感受激动

无需,无需去打听
朋友圈传递比什么都快
着急想知道高铁开通的日期
急性子慢性子却都修炼得特有耐心

不是,不是在过节
却相约在车厢的同一节
我们一起坐首发高铁回家乡
北京至千岛湖让老家连着祖国心脏

承认,承认太激动
一起为祖国的发展动容
盼了多年的高铁真的已开通
拥抱高铁经济淳安发展更靓更从容

39 千岛湖心怀

一条江滋润着两岸的旖旎风光
一湖水静静地把那一段故事绝唱
什么时候都记得二十九万人拜别故土
两座城池沉水底只为了建设新安江水库

一年年传承一种叫奋斗的精神
一代代把绿水青山看作淳安之魂
叫淳安的地方因为美丽被称为千岛湖
弯弯的秀水涵养千岛湖人的热忱和质朴

你问我什么时候到千岛湖最美
这可难为我了哪个季节来都会醉
爱山的人这里有山爱水的人你静静看
贝加尔湖归来的人说怎能和千岛湖媲美

工作累了就到千岛湖待几天吧
一家人度假来尝尝千岛湖鱼头吧
你问我千岛湖有名的小吃叫什么名字
我只能说四季不同有机是这里的关键词

有个建议来千岛湖别只看湖景
可以到上游看原生态的一个个乡村
你会感受山水之缘滋养千岛湖人的真诚
无论哪里碰到千岛湖人都会为你风光咨询

40　启程

很少很少会失眠
竟然凌晨三点已无眠
是盼得太久还是来得太快
坐首发高铁回老家兴奋融进情怀

太多回家的故事
辗转是每次的关键词
曾经回老家要好几天时间
从今天起北京到千岛湖午发夕至

你是否到过淳安
这儿漫眼的绿水青山
这儿不仅仅孕育了千岛湖
更滋润着一代一代淳安人的淳朴

十一点我们启程
换新鞋白衬衫可认真
好想告诉已远去的父母亲
你们如果在一定一起高铁回北京

41　我们坐高铁回来了

风声乐声和着心声
夜语晨语问安思乡人
一年一度并非乡思的单位
忽然油然猛然的感念莫要伤悲

问票抢票归心是票
一程乡思攒一张车票
从没有现在这样家国相连
无需中转的乡思传递一份甘甜

回家吗不止是相问
回家的方式已无需问
太多年游子难忘归途辗转
一年一年盼着回家的旅途缩短

一月五日并非节日
我们内心却如歌如诗
谁来说这乡愁攒了多少年
这一次甜甜地化开交互在心田

淳安离首都远不远
远到总把过年过节盼
归乡的人都有回家的故事
这次我们坐首发高铁午发夕至

不是过节胜似过节
千岛湖至北京通高铁
北京至千岛湖有了复兴号
首发车抒发高铁梦实现的美好

吃了太多交通的苦
经历太多出门的苦楚
这一次融入长三角城市群
这一泓心泉尽显水秀山清之韵

从水路到青石古道
从县道省道再到国道
从高铁梦到具有始发功能
对淳安连通内外的高铁太重要

我们坐高铁回来了
游子的我们准备好了
从此后牵挂不会再辛苦
为淳安发展助力是我们的幸福

42　好山好水好淳朴的淳安元素

说家国
家国已这么近得彼此可触摸
触摸幸福为何眼里泛着泪花
泪花可是曾经出远门的回味
回味三十六年前第一次坐火车
火车从杭州到成都要五十多个钟头
头一天得先坐八个小时长途到杭州

说如今
如今老家到首都不到六小时
时间见证淳安人出门的故事
故事是坐高铁回家穿越时光
时光里一幕幕见证了改革开放
改革开放让美好生活的向往成现实
实在感慨万千生活在新时代太幸运

干一杯
杯里是不是酒都满满地感恩
感恩二十九万人作出的牺牲
牺牲良田放弃家园拜别故土
故土情融在支持建新安江水库
库区淳安付出的代价国家不曾忘记
记得奋斗传统淳安成就这一泓秀水

乡之情

一杯干
干杯为千岛湖至北京通高铁
高铁首发的一月五日像过节
过节般心情的我们一起祝福
祝福高铁时代家乡发展会更好
好山好水还有好淳朴的淳安人元素
素昧平生到千岛湖你也会心里喜欢

43 桂花树下

走过很长一段路后回到出发的地方
在熟悉的位置让记忆里的地方重叠上
踟躇中感念熟悉的人和原生态中的快乐
桂花树还在只是年轻人大都进城去打工了
熟悉的村里多了不少这些年盖起的漂亮新房

走进村里礼堂回到曾经看戏的地方
想起当年看的睦剧还有《红灯记》的扮相
种地之余的村里人演的戏也是有模有样
如今除了过年安川村里比从前冷清了许多
想想生活变好了的山村能不能重现热闹景象

曾经做梦都想离开这里
那个年代吃饭都是问题
父母想方设法都让孩子出门
出门的孩子们努力改变着命运
改变命运的两件宝是读书和学手艺

少年伙伴们现在都不错
我却想着哪天一起坐坐
心里想让记忆里的乡情回归
那可是我们一辈子的亲缘相随
回来吧一起编织一个梦想会很不错

「乡之情」

走过很长一段路后回到出发的地方
在熟悉的位置让记忆里的地方重叠上
不要再踟蹰大家一起来把感念写成文章
桂花树下听乡亲把过去和现在的故事讲讲
归来的人助力让牵挂的小山村变得更美更靓

注：睦剧，又称淳安三角戏，是活跃于浙江淳安为中心的十多个县市的一个地方戏剧种。

44 砍柴的情分

以为故乡已久违却依偎在心头
砍柴的伙伴未能重逢已很久
可记得一起割稻子的烈日
比谁速度快谁汗水畅流

年少的伙伴们能不能一起聚首
生命里常想起比朋友还朋友
故乡在这一生牵挂得最长
纵使我们未曾一起远游

我们曾相伴走遍故乡的每座山
穿草鞋腰里别着柴刀走很远
忘了蜜蜂蛰了谁大家着急
砍柴的情分此生难忘记

如今的故乡已少有人再去砍柴
砍柴似乎变成了相叙的情怀
我们很少能再凑齐再遇到
真心地祝福愿你们都好

45　这次回家更像游子

曾经每次回家都会有游子心归的感觉
感觉漂累了那条小溪会心在里穿越
越过万水千山奔着那熟悉的味道
味道融汇在我心底的炊烟袅袅

袅袅升起的炊烟像每个日子轻唱的歌
歌词曾是抽旱烟的父亲生计的思索
思索孩子的学费什么时候能借到
到下学期孩子还要继续到学校

学校在不识字的母亲心里那样地神圣
神圣是看到孩子书本时表情的认真
认真的母亲说别像他们做睁眼瞎
睁眼瞎的父母连名字都不会认

认定的道理是卖茅俶也要衬孩子读书
读书才能变居民户才有工作有出路
路是小山村的青石板道通向远方
远方游子不敢辜负父母的希望

希望自己像父母希望的那样好好工作
工作了的孩子成了家未忘内心承诺
诺言是不再让父母为生计而发愁
愁煞的他们松开了眉宇间的锁

「乡读手记」

锁定开心锁定欣慰好想他们幸福共老
老去的两个人嘴上总是说他们很好
好像回不回去过年都没什么关系
系在心头牵挂却说回来过年好

好想多回到村里听他们讲艰苦的曾经
经过的地方让游子的我讲给他们听
听旅途的趣事他们脸上露出笑容
笑容那么灿烂幸福着游子的心

心里好想对父母说现在回家好快好快
快到周末可以往返想家就可以回来
回来的复兴号高铁不到六个小时
时光里为何这次回家更像游子

游子只想在母亲做年饭的地方站一站
站在门外或许我还是不太敢往里看
看着你们笑着的照片我怕又掉泪
泪落是想说梦里总想回来看看

注：卖茅佩衬孩子读书，威坪方言，意为卖掉茅房也要供孩子读书。

46 在心里某个地方感受你的至近

在离你最远的地方静静期望
在最靠近你的地方默默地凝望
谁说的这世上最远最近都不是距离
谁说过疼是你离我最近时我不懂得珍惜

时间待我如何定是我的因果
我待最近的人如何是我的修行
留不住的是岁月我们都懂岁月如梭
遗憾的是已经拥有的我们常漫不经心

笑过哭过疼过爱过珍存心头
感念感怀是感恩在心里的深厚
所有的经过都会涵养着此生的灵魂
我的生命里有过的人和事都是我的幸运

远方并不远心里想着已靠近
在心里某个地方感受你的至近
听一首歌写着平淡的文字排成诗句
你看不到听不到也是我说给远方的语句

47 归去来兮

头次出门
风抚清晨
如今想起
情犹戚戚

莫道乡思
梦伴游子
不负寄望
未敢怅惘

几多离家愁
无言在心头
记得那归去来兮
相逢相别皆情柔

多少次望归
多少次梦回
唯有那村口道别
是这一生的情结

48 今生惟念

都说时间会融化一切
感念咋成今生的情结
曾经平淡的滴滴点点
经岁月梳画温暖无边

相伴时间不懂多珍贵
相分时刻无怨已有悔
被牵挂时心总想放飞
无挂牵时感念常落泪

都说长夜漫漫
你是心灯一盏
知道聚散皆缘
遥伴亦是相伴

今生不问来生
惟念知夜的深
莫道时光无情
祝福的心最真

49　归来仍是你

人说怀旧君见老
我说半生归来早
可记得你的憧憬
图腾如定额粮票

心不远或归途近
苦乐相伴了前行
一路走一路励志
执念君心似我心

端碗饮一口清泉
干一杯胜过长叹
笑看眼里的对方
每次重逢都是缘

你说出走了半生
我说归来仍是你
算一算下次归程
把相约融在酒里

50 默默的乡思静静地长

默默的乡思静静地长
才下眉头又上心头算不算惆怅
冬天里思念春天里感念谁更悠长
我在想故乡秋天的姹紫嫣红夏天的骄阳

默默的乡思静静地长
少年伙伴如今你们过得怎么样
邻家姐姐多年不见你嫁到哪个村
我在远方遥遥祝福中把你们写进了诗行

都说少小离家老大回
如今高铁通了想回你就可以回
我们相约去从前砍柴路上待一待
我们做伴去赶露天电影的邻村走个来回

默默的乡思静静地长
我给她起名叫乡读你看怎么样
又到春暖花开时分谁陪我回安川
在老家的小溪旁一起读诗是不是很浪漫

51 幸福是在熟悉的地方坐坐

算不上说走我就走
只是不愿在梦里漫游
确是想回又回老家一趟
不知老家今天天气怎么样

油菜花是否已装扮了田野
我在想象故乡春的季节
明明盼归的人已不在
那份牵挂还在心怀

有一种情怀叫乡愁
你以为已随岁月远走
安静时分才知还在心头
听手机里的歌是借词消愁

太多年为旅途的辗转犯怵
如今直达的高铁很舒服
给妹妹电话今天回去
让她一起回村里去

记忆回放从前故事
其实都是艰辛的日子
如今记起倍感生活温暖
温暖情愫写进文字可是诗

乡之情

我把远方缩微成一张车票
上车只要六个小时就到
想想春节刚刚回去过
回不回已无须承诺

一个人脆弱或坚强
并不在离家时间短长
回家时你可别悄悄泪落
幸福是在熟悉的地方坐坐

52 今生认

曾听闻
日有所思夜有所梦
未曾想
远行人独行的时分
莫悲伤
离合聚散编织命运

已然相伴共情一程
你留下温暖的认真
曾憧憬相伴你更远
你却中断我们的缘
天上人间已各一方
时光教我莫要怅惘

你可好
可知花开春暖又到
不记得
你是否喜欢布谷鸟
今生认
你我的缘分只一程

何必去问什么是缘
走吧走吧心里不怨
我知月有阴晴圆缺
我懂人有悲欢离合
已不怪你忘了相约
我们已不用再许愿

53 故乡的溪滩

总是总是会想起故乡的溪滩
从前的清晨每家都要挑水两三担
挑两三担水先把家里的水缸都盛满
白天的溪水可以洗衣服也可以把田地浇灌

昨晚又梦到小溪流过村中央
溪流潺潺像讲述古老故事的绵长
秋冬春夏无怨无悔你滋润这一方人
永远清澈着的溪水随时光轻轻流淌

想到安川就会想村里的溪滩
无论我们离开多久多久没回安川
默送我们出门你又静等着我们归来
闭不闭眼做不做梦都能想起鱼在溪里的自在

再过几天我将又回到你身旁
如今已不必再惦记挑水盼着天亮
山泉已引成自来水接到了每家每户
溪滩溪水溪流的感念却是这辈子前行的滋养

54 在四月里感念

每年的四月都是老家的采茶季
每年的四月还是故乡的油菜花季
每年的四月更是有仪式感的感念季
每年的四月又是拭去了心伤再出发季

四月里我们享受着放下当放下的节气
放下不是忘记是感念焕发盎然生机
漫眼的春色无需美颜随处绿油油
望得见山看得见水释放了乡愁

我曾经写过清明亦芬芳的诗句
还有那一首不为悲伤的清明之歌
其实整理思念是让再出发更暖思绪
最美季节最好时光你没有理由不快乐

今年四月又收到了老家快递来的新茶
今年四月还收到了老家寄来的青稞
今年四月在朋友圈看到了油菜花
今年四月可想母亲做的清明粿

「乡读手记」

55 相约乡读

安静了心思融进溪映的山色
绵绵的乡愁化作了感念的快乐
暖暖的乡思轻抚着游子想家的心
听你我他朗读写故乡的文字好温情

感读吧感读吧相约乡读
朗读吧朗读吧相约乡读
邀你一起到原生态安川
邀你一起感受乡情乡土

动心就去吧相约乡读节
想家了就相约四月时节
抒怀乡愁本是最柔的诗
乡亲乡情乡土编织情结

望得见山看得见水记得住乡愁
这世上这一种愁你愿意心里驻留
经过一年又一年走过了一个个地方
不忘那个出发的地方给你力量和希望

你读我读读你我的故乡
读初心忆初心家心绵长
与花开春暖共情叫乡读
根是相伴这一生的情愫

「乡之情」

感读吧感读吧心约乡读
朗读吧朗读吧情约乡读
邀你一起到原生态安川
邀你一起感受乡情乡土

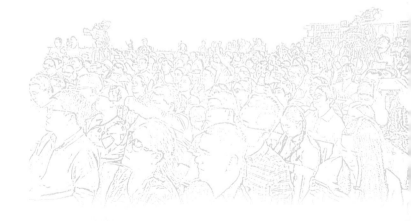

56 谢谢你来到安川

春节后上班第二天邀约你到安川
你认真把四月这一天写进日程安排
我想让事业中的你感受我的故乡的原生态
我还想让知名的你感觉这不知名的宁静山川

谢谢你千里迢迢地如约来到安川
可感受期待你到来的一溪清澈潺潺
以乡读节的名义共读每一个人内心的乡愁
在一个叫故乡的地方听你读亲情和家国情怀

千岛湖乡读节不止是纯粹的读书
交融你我他的家乡情结温暖又幸福
望得见山看得见水记得住乡愁的山村安川
会不会让你更想念内心时常牵挂的故乡山川

谢谢你来千岛湖感受这山村人家
谢谢你说下次乡读节你还愿意参加
真心谢谢你说这一次千岛湖之行感觉很好
真挚地说声明年春天还陪你到我的老家可好

57　老远地你叫一声我的名字

老远地你叫一声我的名字
我也像小学时大声喊你的名字
走出半生的你和我都已不再年少
同桌的我们重逢中热忱拥抱我们的从前

谁曾说过且以深情共白头
你我都好好的岁月便快乐回首
你是学一手好手艺子承父业的你
我还是想起喝泉水时便觉得幸福的自己

还记得我们用自己做的木球拍打乒乓球
砍柴的柴冲搭柱围一个地面球桌
伙伴们不亦乐乎玩得争先恐后
长大的我们没再这么玩过

愿你出走半生归来还是少年就在那瞬间
哈哈看彼此皱纹皱纹是归来见证
那泓泉水说我记得你们的少年
那一溪清澈流淌在我心田

58　乡愁的模样

明明有一个愁字
有人把你写成很美的诗或词
明明对一个人对一个地方魂牵梦绕
含蓄的我们却很多年把牵挂装进日子

肚子饿时会想起
母亲做的饭常让你回肠荡气
并没什么佐料只不过用的是大柴锅
不用味精炒菜的味道有时出现在梦里

快乐时愿意分享
考试有了好成绩你想讲一讲
工作有了进步你也愿意写信说一说
你希望告诉牵挂你的人未来充满希望

换季时你会设问
故乡是否变凉是否降了气温
父亲外套破了没母亲冬衣还暖和吗
相隔千里你冷时总想问问老家冷不冷

困难时给你力量
想起父亲的艰辛母亲的要强
离开家时亲人送到村口无言地嘱咐
定定神拾回信心你会又出发不变方向

乡之情

孤独时想想远方
困难或者艰辛你都不会迷惘
盘算着过年要给父亲母亲买件衣裳
给妹妹带点什么约哥哥弟弟吃团圆饭

你问乡愁的模样
一百个人有一百个人的画像
想童年爱吃的东西还有爱玩的游戏
乡愁是离开这个地方会想念这个地方

59 每个人都终要离场
——送别老家友亲让来

别太感伤
今天我送你离场
过些年也会有我同样的离场场面
不必黯然神伤只要在场时活出了模样

送别离别
其实是放下情结
有缘那刻起就注定会有这一场面
等各自离场伤就无伤牵挂也彼此终结

始难释怀
是曾经的放不开
我们都太希望美丽定格相伴永恒
其实这世间的我们聚散离合才是常态

每每离别
总会让人落泪
告诉自己聚散皆缘有过已是圆满
送你时其实也是送自己所以要少伤悲

莫伤离场
人生如剧场
每个人终要离场终是将美好留下
愿远行的你安好活着的我们别太悲伤

60 愿你就是威坪

算算你有多久没回威坪了
曾经的码头赶船是否还记得
如今虹桥头正修新的跨湖大桥
明年秋天杭黄高速就要通威坪了

记不记得那长长的船笛声
像外面的世界召唤着威坪人
从村里走到码头差不多三十里
满头大汗挤上船只是为了到县城

威坪每个村都是山环绕山
曾经的出门有着特殊的蕴涵
赶船的人大多是去城里赶生活
到外面读书或外出打工太不简单

难也不说难再苦也不言苦
代代威坪人以勤劳创造幸福
耿直常常标识威坪男人的基因
威坪女人不输惠安女子贤惠吃苦

后来环湖公路替代了轮船
联通外面世界已不再那么难
向梦想出发不用天不亮去赶船
求学回来打工回家归途变得简单

「乡读手记

你是否到威坪看过山和水
威坪人做事认真到了几分倔
他们总提及辣酱腌菜管苞芦馃
鲜明性格让水墨威坪更令人沉醉

想想你多久没有回威坪了
愿你就是威坪你是否更快乐
无论离家多远多久没有回家乡
你就是威坪威坪就是你你说怎样

「乡之情

▲ 水墨威坪

二 乡读手记·亲之情

1　回家就是一个念头

回家就是一个念头
念头里有两个字叫乡愁
乡愁浅浅深深跟离家时间可成正比
比回家次数谁更多年少伙伴间有没有

有句话是心头的暖
暖了牵挂的那一声呼唤
唤你吃年饭咯一家人围在一起真好
好好地回味和体味这久违的家的味道

味道是生命的滋养
滋养亦或无声无言的想
想起这个地方有时你会幸福到落泪
泪落时对自己说要奋斗不让母亲失望

望归的心里是初心
初心相伴一生溢满温情
温情是佝偻的父亲背竹筐去换啤酒
啤酒与啤酒碰杯原来是父子间的温馨

温馨就是坐在一起
一起听对方心里的自己
自己说回来过多少次多少年没回来
回来了就算村口熟悉的道别只在梦里

2 起笔落笔之间

顿一顿 感念滑落笔尖
收一收 点滴渗透是人间
起笔时 想记下这缘聚缘散
落笔时 欲留白相诉万语千言

那一天 辛劳的你终不再辛劳
那一刻 你我的缘画了句号
放下了 纵使有万般不舍
放开了 我们各自安好

笑一笑 一路相伴
写一写 不曾孤单
挥一挥 此去经年
想一想 心便温暖

没分段 弱弱叮咛
没话别 你已远行
此生缘 我已知足
此生情 轻抚我心

停一停 昨夜梦里相见
听一听 熟悉的雨落世间
起笔时 忽然不知何处写起
落笔时 把感念定格字里行间

这一生 能给我的你都给我了
这一别 留下了相伴的美好
放下了 纵使有万般不舍
放开了 我们各自安好

3 相伴尘世一场

我们总在说这世上的缘分
缘分长短应以谁陪伴谁为准
准备想说的话有时候却说不出
说不出的或许是让我们记忆更深

深邃的话朴实的你和我说不出来
来到生命的是不是无言的情怀
怀疑我是世上最小那粒微尘
微尘的我留不住你的疼爱

疼爱一个人却从不说爱字
字里行间记忆的可也是尘世
尘世一场你走了就不会再回来
回来时一样幸福那是昨夜梦安排

安排你我相伴尘世一场我已感恩
感恩今生缘给了我牵挂的情深
深情有时是曾经的生活琐碎
碎碎念念你的心地你的真

真的谢谢谢谢你让我陪伴
陪伴虽然有时只是一句问安
安好是手机里你讲晚饭做什么
什么季节了在忙什么听听就温暖

4 我只要

我只要你健康长大
长大的你为梦想而出发
发现我头发花白了别大惊小怪
怪我没有跟你说自然规律谁都不例外

外面的世界很精彩
精彩人生属于你的时代
代入感是青年派对筑梦的在意
意气风发才是逐梦而富青春朝气的你

你不用太把我牵挂
牵挂放心里最好是放下
放下是一种拿得起的心性历练
历练没有我的陪伴为梦想你勇往直前

前行的风景可灿烂
灿烂的你自拍你的喜欢
欢喜中想起小时候曾经的淘气
气恼大人你一脸无辜好像说不是故意

故意说过节不回家
回家的票你却查了又查
查到有张票会拍桌子说抢到了
到了家门口你突然地喊一声"我回来了"

5 对手

争过吵过更气恼过
好像你们彼此都没错
却是谁都没放下过那个家
发过誓较过劲磕绊一生又如何

我曾初中毕业回家务农两年多
却未放弃想重新读书的梦
父亲同意我又去上学
不知母亲怎样说动

曾劝父亲母亲一起北京住一段
父亲却说自己在家更自在
理由是怕晕车不舒服
买了票就是不肯来

母亲在北京没多久
父亲几次托人来电话
问着母亲什么时候能回去
父亲说这儿不舒服那儿又难受

吵一辈子没了对手生活会走样
父亲的倔脾气母亲的要强
吵架或是特殊的相伴
远方的你们还吵吗

6　有缘的疼和爱没有假如

人在孤独时常会望着天边
未必在期待某一颗星的出现
或放飞念想或把想念的心放飞
望天自问为何念想悠长成了想念

时光挽着岁月到底谁会更在意谁
过往皆烟云已不论是喜还是悲
何必要问想和念是疼还是爱
有缘的疼和爱会不会重来

你说假如这一切从头来过
会倍加珍惜绝不再任性犯错
多少遗憾恍惚成多少梦里愧疚
这世上最无用的是我们总说如果

走吧走吧我慢慢习惯你不再回来
昨夜梦里你出现是我又在感念
我懂天意没有假如也不再见
已知足相伴过在茫茫人海

7　父亲的自豪，母亲的尊严

父亲晚年曾经说过
如果身体好，还会有人请他去做石磅
母亲病重时几次说
有的吃有的穿的日子最好能再过几年

父亲晚年无数次讲搞副业做磅的故事
那是他奋斗的一辈子
母亲病重时讲过鸡蛋换盐借猪肉过年
好遥远又仿佛在昨日

苦到煤油灯也点不起
却信生活终会好起来从未把信念放弃
卖茅俬也衬儿子读书
再难也有希望是那个时代父辈的决计

土地分到户家里的生活开始慢慢变好
不借钱让母亲有尊严
孩子毕业工作了懂得关心父母的冷暖
有酒喝的父亲很自豪

「乡读手记」

想再听做塝的你拉胡琴
不成曲调也会给你鼓掌陪你快乐沉浸
多想说声谢谢你,母亲
艰难日子让我重新读书要怎样的坚定

注:塝,bàng,老家话读pàng,田边土坡、沟渠或土埂的边。石塝,石头砌成的田地的坡、沟渠或土埂的边。做石塝,用石头砌成有一定高度的石墙、石坝、石堤等,泛指凡用石头做的工程,如修石板路、筑石阶、填屋基,还有砌梯田间的石堤,这些均属塝师傅的活儿。

8 父亲的胡琴母亲的手机

父亲的胡琴母亲的手机
孤独时的消遣和晚年的寄托
胡琴里的曲子是快乐的自我沉浸
手机里问候的到来是被关心的欣慰

父亲的剃头情结母亲的纳鞋底情怀
喜欢剃头是苦日子也有快乐相伴
纳鞋底是再难也在编织美好
日子的拮据里也有创意

父亲放鞭炮呲到手时装得若无其事
母亲冬天收到保暖衣时舍不得穿
日子如酒酒是柴米油盐滋味
信念是信生活会好起来

父亲的琴弦间是一辈子故事的回放
母亲的手机里是亲疼的温暖绵绵
故事里的故事是故去的你们
另一种方式活在我的生命

9　今生缘

从没说过让我守着你
我以为飞得远远的是出息
你以鸡蛋换盐的艰辛把我养大
我工作了有了定额粮票是你的满意

上学时刚上班时时不时往家里写信
不识字的你让邻居读给你们听
后来有了电话便每天问候
说说话以为已是关心

问冷暖问是否买了肉
你总说天天买还不吃穷了
后来知你有时买肉还不到一斤
卖肉的说这么节约你说孩子也不易

每每收到寄的衣服你总说休息再穿
条件好了也放不下田地和菜园
好想再回家看着你去剁菜
我懂我们只有今生缘

10 妹妹的日子

好日子
是妹妹在县城有了新房子
外甥考上了自己满意的工作
妹妹所有的艰辛没白捱苦没有白吃

虽打工
却找块荒芜的菜地周末种
利用空闲种扁豆萝卜油冬菜
节俭自己却快递菜给我在这个寒冬

想母亲
如果母亲还在该有多高兴
看到能吃苦的女儿日子变好
懂事的外孙也拿工资了会怎样开心

莫遗憾
孩子好母亲在远方也喜欢
生活好不好看能否洗热水澡
用上了管道天然气不用再换煤气罐

聊新房
昨天电话我们说起米花糖
妹妹说等雪化了天气转晴了
找找番芋丝糖芭芦糖一起递来尝尝

11 那一刻

那一刻思维失去了意义
只有时间机械地答答滴滴
主管医生报出你离开的时间
我知道我们所有的缘已走到底

是牵挂的更多还是牵念路更远
掰着手指头算一算时光相伴
没说过想你却怕你苦自己
问寒的意义总胜过问暖

一生的缘在那一刻定格
你放下我们有过犯过的错
只留下那句"你们要好拎拎嘎"
无论我们做的好不好已无法来过

缘止那一刻生命再出发
孝顺无来世原谅曾经的傻
往事不只回味回味已是静好
惜缘随缘才是缘分最美丽的记挂

12 守望团圆

当沉淀了夏的赤诚
当攒了气爽秋高的温
有点怕进入念你的季节
别后还好吗我只想问一问

当天气慢慢地变凉
你怕冷的腿感觉怎样
是否提前穿了保暖秋裤
加厚了裤子干活还方便吗

还记得五年前的那个中秋
问你吃月饼吗你摇摇头
四个孩子围在你床边
一起把中秋夜守候

那是长大后头一次
孩子聚齐过中秋节日
忍着病痛给了我们机会
月饼，你却一口都没能吃

谢谢你在弥留之际
还让儿女们聚在一起
也是从那个中秋节开始
有个心愿每年都告诉自己

> 乡读手记

"今晚,我会吃个月饼"
感念,做油箩粉馃的你
曾经,买不起月饼的时光
团圆,依旧是你内心的守望

13 你词库里没有的字眼

你一辈子都说老家方言
土话词库里听不到书面语汇
想学一句城里人经常说的"谢谢"
到离世的头一天医生去你病房探望
你依旧说成"xixi",发音始终未改变

你并不识得什么叫信念
却认准只要肯做只要肯吃苦
条件总会好转日子总会好起来
连名字都不会写的你却苦苦抱定
卖茅俬衬孩子读书是改变命运的正理

你从未教过孩子什么叫感恩
只说人家待你三分你会待人十分
你永远记得最难日子别人帮助的点滴
哪家借给你粮食哪家又借给了你盘缠
你不忘人家的好却不会说大恩不言谢

你的词库里没有"幸福"的字眼
四季有不同衣服的"得过"是心里甜
你说老了这十几年日子的好是不借钱
病重住院时你悄悄说现在走早了一点
你说,这样的好日子想再过个两三年

「乡读手记

苍白,是说出的书面语言
相伴,那些字眼你未必一定说出
幸福,是电话里跟你家长里短地谈天
信念,是孩子不做睁眼瞎日子就会变迁
感恩,是你词库里没有的字眼烙在我心田

注: 得过,威坪方言,幸福、舒服的意思。

「亲之情」

14 那年今日

10时20分,那年今日
病床边,你的主管医生
报出了你离开的准确时间
那一刻,我的脑袋已一片空白
妹妹嚎啕大哭,而我在病房门口发呆

五年前,不用记也忘不了的那个时刻
医生在病房忙碌我在门口傻站着
不想看到最后你无助地离去
不愿留下死别生离的记忆
却总想在你耳边说的话

"你疼痛难忍时,都愿意你早点离开"
怎样的孝顺在那个时刻都是苍白
"要插管吗",医生问弟弟和我
摇摇头,已不想你再受罪
走吧,只要你不再疼痛

不相信,会真有下辈子
此生,都未能好好地疼你
何必再去企盼我们有来生的亲
弥留之际,你说"你们要好拎拎嘎"
那句话已是我们每个前行日子的引领

> 乡读手记

从没有把你离开的日子看作你的忌日
放下我们或是另一种亲疼的方式
你只是去了不再有疼痛的地方
让我们习惯没有牵挂的日子
学会放开是生命新的开始

15 心空

清晨的微风
带走昨夜的梦
回放总是回着家
醒来是静静的心空

安静是阳光
听别人的沧桑
歌里是城市民谣
感动是情愫在流浪

你好是更好的相望
流连不是心流放
问晨安是习惯
牵念非迷惘

生命或是两种颜色
冷暖无须要记着
感念便心不冷
暖了心头热

「乡读手记

16 多想

多想给你惊喜和从前一样
多想忽然回了家让你好一顿忙
多想听你边责怪边去菜园里摘菜
多想你收到保暖秋衣时我温暖地亲享

多想你说又买了三根香蕉
多想你无师自通蹬三轮的自豪
多想再听你说不借钱就是好日子
多想再听你讲我小时候如何把你气恼

多想再给你惊喜惊喜何处寻
多想再坐一次晚年你蹬的三轮
多想再有一次母子的最最最拉风
多想再听你说天晴防落雨那是你的疼

多想月光里带我赶船的时光
多想你把苦讲出甜时的不惆怅
多想告诉你借盘缠是此生的难忘
多想说心在亲疼就在生命就有多芬芳

17 离歌,不要太伤感

我死不怕,怕痛
这个病痛得吃不消
无意的,总会掠过你说的话
有意的,到你离世也没告诉那个字

明知,时日不多
却鼓励你面对病魔
医生说,那个病特别特别疼
无法感同身受,你需要怎样的坚忍

无助,伴着揪心
纠结,是无华亲情
走吧,宁愿你少一点病痛承受
孝顺原来这么无助亲疼这般地无力

只能,换种思维
离去,另一种亲疼
缘是活着的我们应该的珍享
离歌不要太伤感其实并没有下辈子

18 借粮食·借生活

有的人把感恩寄希望于来生
说什么做牛做马都愿意
只要能报答恩情

有的人把感恩只挂在了嘴边
朋友真需要帮助的时候
问候都不太敢有

有的人把感恩无声放在心上
记得曾得到的点滴帮助
涌泉相报着恩人

你记得别人曾借给孩子盘缠
勤俭是你一辈子的信用
感恩孩子有出息

你没有忘记邻里借给你粮食
等米下锅的滋味不好受
借粮食是借生活

你记得最穷时别人的不嫌穷
感恩的是对做人的尊重
再不易也有人格

19 时光温暖

曾经疼着你的疼
曾经梦着你的梦
总是在乎着你的在乎
放松着你的放松

曾经亲着你的亲
曾经近着你的近
总是珍重着你的珍重
开心着你的开心

曾经享着你的享
曾经犟着你的犟
总是敬畏着你的敬畏
不忘着你的不忘

曾经憧憬愿意共享
曾经梦想愿意珍藏
总是感染着你的信念
相望中放飞你的希望

相信生活要的其实不多
相信生命的真谛是快乐
向善是遗传的基因
不会艰难面前畏缩

或许聚散都是缘
感念让时光温暖
或许有期待的生命
才会让前行更灿烂

所以珍惜缘聚缘散
缘尽不要总是伤感
不去想有没有来生
美好是有过你相伴

20 目光

没了回应
没了电话里的开心
告诉自己你已经真的走了
走了快五年五年的路是远还是近

享过重逢
缘来是留不住的梦
想问从远方来会不会辛苦
想再拍拍你的后背醒来已无影踪

秋冬春夏
这一次你真的放下
狠心是不再顾及我的呼唤
难忘是那一声"你们都要好拎拎嘎"

别来无恙
念你的内心在吟唱
知道你听不见写你的诗句
却总想起每次村口道别你的目光

21 曾期待

曾期待奇迹会出现
明知不太可能会逆变
还是寄希望于你的要强
强到逼退病魔能再回归健康

曾骗你只是胰腺炎
我虽不知哪儿是胰腺
你自己明白这病不好治
几个儿女头一次围在你身边

曾笃信坚强在信念
诊断却是可怕的字眼
一半靠药一半靠你自己
明知自欺还是苍白地将你骗

曾煎熬中相忆从前
你忍受剧痛努力笑颜
走吧走吧只要不再病痛
把你放下此生我们不再相见

22　缺粮户·余粮户

六月里还记得吗酷热的盛夏
打泉水的铝壶那么那么大
乘凉是坐门边享穿堂风
泉水是一夏的冷饮啊

最热的是拔豆的时光
天没亮就要到地里去拔
或许是早晨拔豆不太扎手
那时生产队干活要统一出发

中午队长用喇叭村里一声喊
社员们会顶着太阳打豆萁
麦秆草帽是防暑的工具
遮阳又可以当扇子扇

打豆萁或者收割稻子
为啥总是要在炎炎烈日
年少时不太明白但不抱怨
学大人们一样干活觉得神气

麻布衣服几乎是农活的标配
母亲麦秆编的草帽是必备
没节日可休息只盼过年
或者下暴雨歇个半天

乡读手记

记忆沉淀咋变成幸福
能多挣工分心里已舒服
当时的内心只有一个愿望
年底时家里也能成个余粮户

余粮户过年可以杀猪
我们家多年都是缺粮户
欠了队里钱粮食都不够吃
成余粮户母亲心里就不再苦

23 从未

从未因为日子的艰辛就放弃希望
生活再苦咬咬牙默默地自己扛
每天睁开眼就是柴米油盐
再难你也从未改变信念

不识字你讲不出大道理
只说做人不能没有骨气
常提起艰难时谁谁帮助
别人的好你都记在心里

宁愿苦自己也想孩子好
如今我们很好你去了远方
变好的日子多想陪你慢慢变老
享念已成一份特殊的缘连着远方

24 父亲

不会讲大道理
却一辈子活得硬气
父亲你连名字也不会写
孩子别再做"睁眼瞎"是你的愿意

记得你抽闷烟
没钱给孩子交书费
搞副业不是老有活儿做
欠队里钱不分粮食生活度日如年

累了买两烧酒
一口融了生活的愁
做石塝手艺是你的自豪
还有人请你做塝你说如果身体好

后来生活改善
农村日子开始好转
你拉胡琴哼起咪发唆拉
喜欢给人剃头的你也去店里理发

还想放鞭炮吗
愿意陪你喝几口吗
想不想到做塝地方看看
找不到别在意生活已越来越灿烂

25 情怀

你对去看你的我的同学说
现在的好日子最好再过两三年
现在走有点早还没等到孙女工作
你总觉得愧疚没带过北京的孙女一天

你是对去探望你的人说还是告诉自己
晚年的十多年不借钱不缺衣服穿
你是不是想起了很多年的不易
说话哽咽可是幸福的伤感

你心里一定一定舍不得走
语言已苍白我只用力握着你手
你肯定知道得了重病只是没说破
那个时候我的心已变狠不想你被折磨

走吧你走的那一刻我的脑袋一片空白
不曾想今生缘断是否还有下辈子
不想看到你被病痛折磨的样子
明白你的愿望是你的情怀

26 菜园

远吗　不远
近吗　不近
两程火车票往返
说走就走只要下决心

想回　未回
不回　已回
回不回都因家心
想不想都是牵挂在心

家是母亲的菜园
家是用大碗当菜盘
家是大铁锅炒菜的声音
家是吃吃吧邻里相问的随心

家是泉水的清澈
朋友劝别喝也要喝
怎能忘砍柴口渴的痛饮
怎不想苞芦馃就腐乳的开心

远吗　已很近
近吗　真不远
高铁马上到淳安
回家已是随时的温情

回吗　可常回
常回　又怕回
摘菜的人已不在
我在菜园想你的盼归

27 丝线

世间有种牵挂默默无言
牵挂被牵挂心里都甘甜
相牵会相伴一生的温软
亲情是那牵挂里的丝线

世上的血脉叫情愫相连
无论远走的你走得多远
在梦想的天空你多喜欢
那根丝线一直在心里边

远远或近近相牵的丝线
你在那头我在这头享念
或早或迟有线断那一天
那是你我换了方式感念

惜缘在那一天到来之前
我们都不负此生的情结
拥享更多幸福更多美好
在意着只在今生的丝线

「乡之情」

世间有种牵挂 是默默无言牵 牵被牵挂 却甘愿相牵 会相伴一生的 温馨亲情是 那牵挂里的丝线

▲ 丝线

28 家书

还记得什么时候开始你不再写家书
家书的邮编恐怕早已记不太清楚
清楚不过的理由用手机多省事
省事又省心可随时问候父母

父母不识字以前的信也是让邻居读
读信的人绘声绘色把书面语加入
加入那一句儿子非常想念你们
你们听着并不长的信好幸福

幸福是后来孩子让你们装上了电话
电话里母亲说着刚从地里回到家
家里的猪菜园里的菜今年怎样
怎样的艰难母亲总那么坚强

坚强的母亲倔强的父亲吵了一辈子
一辈子争吵像是你们的相伴方式
方式虽奇葩其实谁也离不开谁
谁病了都是另一个人的心事

心事聆听后来变成我每天两个电话
电话成另一种家书大概有十几年
年纪大了母亲用手机只会接听
听母亲讲过去有时也讲父亲

亲之情

父亲离世刚两年母亲也放下了我们
我们多想打电话听家书一样认真
真心不易的你们从不会写家书
家书是对孩子牵挂的那份真

29 定格了

欸,安静了
欸,放手了
思维停滞在瞬间
思绪空白在世间

欸,不再陪了
欸,再不陪了
两个世界不会再见
你我不用彼此挂牵

嗯,远行了
嗯,行远了
从没招手说过再见
那一回真的已再见

嗯,我真懂了
嗯,你已走了
一起聊过的老房子
如今还是从前样子

欸,天冷了
欸,冷天了
那瞬间定格亲疼
那一刻定位缘分

嗯,就此别过
嗯,缘分无错
温暖是心里的沉淀
晴好依存岁岁年年

欸……
嗯……

30 每天都是最好的

每天都是最好的
最好的心情深深懂得
懂得努力着的每个日子才有意义
义不容辞做好自己你会获得更多快乐

快乐的人最勤勉
勉励自己珍惜每一天
天天向上成就着每一件虽小的事
小事若都能踏实做好生活已很有意思

思考再多人生
不如做事中的认真
真诚的人会珍惜生命里所有遇到
生命中所有遇到都是缘分的浅浅深深

深的夜夜的深
深情的人珍惜亲疼
疼一个人与珍惜每一个日子同感
感激所有遇见你就会感受每天的灿烂

31 开心时你泛着泪花

开心时看到你眼里泛着泪花
泛着泪花却假装用手把眼睛擦
擦去走过的艰辛还是日子的不易
不易不堪的艰难岁月不曾把你击垮

快乐时你总不经意地用手背擦嘴角
嘴角也笑是走过最难日子的晴好
好日子在你的心里是不再借钱
借钱借粮食时尊严像找不见

日子见好是村里的土地承包
承包后不再借粮食生活能吃饱
吃饱又慢慢变成日子越来越幸福
福缘间孩子不负你的期望用功读书

还记得你生命最后那段日子的不舍
不舍里说不借钱日子想再过几年
几年了你说话的情景像在眼前
前行让日子如你希望的快乐

32 习惯了过没有你们的年

又到年根了
在想要不要抢票
好几年过年没回老家了
好像习惯了过没有了你们的年

曾经的年俗
像幸福藏在心底
那一声吃年饭咯的呼唤
没去想也从没去记咋就不忘记

想起佝偻的父亲忙着准备过年
给他买大鞭炮也写对联
给母亲带点年货
我的事三件

又要过年了
在想回不回老家
看看父亲放鞭炮的地方
看看母亲为年饭忙碌着的厨房

能不能把熟悉的习俗变得陌生
陌生到让记忆大海捞针
可记忆总是作对
唤我回来吧

33 为岁月点赞

又一圈年轮又一次与自己重逢
重逢时淡淡感触可算从容的确认
确认春夏秋冬又一轮相伴时光静好
好好珍享每个日子为岁月点赞多美妙

每年的这一天总会有隐隐愧疚
愧疚没给给我生命的人过过生日
生日在老家农村都是逢十才过一次
一次生日在下半年哪一天过都不算迟

没有关于父母亲过生日的记忆
记忆里父母也没给孩子过过生日
日子艰难时过不过生日无心去寻思
思忖如何不当缺粮户是父母亲的难题

过什么生日啊日子好后母亲总笑着说
说现在的生活每天都像过节真不错
错在我们把母亲的话听进了心里
心里除了牵挂很少把生日提及

如今每一回年轮自动清零又重新出发
出发时想告诉已远去的父亲和母亲
父亲母亲,放心吧,我们都很好
好好地会把每天过节一样过好

34 家图腾

提前或没提前放假
放假了的心思都已出发
出发在向着那顿年夜饭的旅途
旅途不在远近也不论飞机高铁或中巴

人说年夜饭是最具仪式感的温情相聚
相聚中听长辈攒了一年的絮叨
絮叨的人讲每个人的好
好像讲一场情景剧

一年的故事讲不完
讲不完的就写进朋友圈
朋友圈满屏都刷着回家的祝福
祝福熟悉或不太熟悉的朋友幸福康安

过年是每个人心中对家的味道的温习
温习母亲开心地一次次到菜地
菜地摘的菜格外有味道
味道漫溢在我心底

回去过年吗朋友问
问我要在哪里吃年夜饭
年夜饭是每个人心中的家图腾
家图腾不只仪式感更是血脉之情的深

35 你们

能做的都做了
能付出的都付出了
做儿女的我们曾是那么不觉得
一切都那么寻常寻常到常被我们忽略

你们都已走了
想说声谢谢也晚了
你们为儿女辛勤劳作了这一生
你们为孩子付出的是这一辈子的亲疼

想待你们好点
想照顾得多一点点
你们总说孩子们在外面不容易
接到电话收到寄的衣服心里已很满意

啥都做不了了
想付出也没机会了
我只能过年再回老家去上上坟
想说我们都很好只是有时候感念你们

36 远行与归来

年少时父母把孩子出远门当成有志气
孩子长大再远也常回家被看作有出息
远行与归来应该是一样的距离
为何远行久了归来变得不容易

远行时父母再忙也陪着走到码头赶船
归来后想带你们一起到城里去看一看
你们总是说不想太麻烦了孩子
其实是你们放不下地里的活儿

什么怕晕车还有地里走不开啊
那都不是不来城里的真正理由
父亲喜欢听二胡母亲喜欢到商店走走
北京紫竹院公园很热闹超市有的是啊

这一次我又将远行归来心里闪过念头
如果你们再说啥也把你们诓到城里头
来过北京的母亲你再来待一待
没来过的父亲把胡琴一起带来

37 怕回还回

回家过年吗
是的今年回家过年
朋友和同学问了好几遍
抢到票后忽然变得茫然是为什么

那个家在吗
做年饭的人在哪儿
喜欢贴对联的人在哪儿
如果你们在告诉我带点什么好吗

心里拿着票
想着哪儿吃年饭好
想你做的油馃和靓梳馃
哪儿的年饭能有你做的年饭味道

怕回还想回
想回村里感受年味
看不到佝偻的你放鞭炮
想在熟悉的地方化开感念的滋味

38 此去经年

无言最是那一别
莫把这一天念成节
你走时什么也不曾说
留下感念算不算亲疼结

你也曾经放不下
后来明白我会长大
这世上终难相伴永远
你走后我快乐过日子吧

此生幸有一程缘
感念那有过的相伴
此去经年也有过重逢
这是你在我的梦里相逢

想想太多的开心
在团圆的地方静静
开心你在乎我的在乎
泪落是想起相伴的幸福

不知别后你怎样
愿意你别那么要强
你总是很少心疼自己
我却总是随性地苛求你

亲之情

你说的我不记得
记得你带给我快乐
一辈子说长真心不长
驻留在心都是快乐模样

我们都要好好的
就算此生无缘再见
你在远方不用常感念
我只偶尔想重逢的快乐

39 几号回

几号回
几号车厢
互致的问候已不关心怎么回
彼此关切的是否在同一天同一节车厢

三号回
我也三号
今年过年有着一种幸福意会
高铁让回家好便捷我们一起坐复兴号

回去吧
车票好买
让牵挂也放假就回去待一待
不用惆怅想老家味道就网上订张票吧

是福分
旅途滋润
想回就可回那个梦里的小村
想听就可以在熟悉的小溪旁听溪流声

40 让，快乐，留存

刚听的歌还回响旋律
谁被感动替代了思虑
感念原来是感怀着岁月的美
缭绕在心头走过的生命滋味

我记忆里为何总是你
放下了咋还在我心里
昨夜一宿的梦算不算是无眠
醒来时脸颊凝了两行的印记

时间更新可是在零点
还是起床才新的一天
昨夜和今晨习惯了默契交接
让快乐留存其他都自动翻页

都说一辈子说长不长
珍惜每一天就不迷惘
千万莫把昨天叹息带到今天
快乐最有资格引领我们向前

哪有什么机缘的对错
错对都是心思的附着
相信机缘是最深的岁月沉淀
有过的相伴好过无声道再见

41 俩俩相忆

想一想你的好
常是细微得忘不了
共苦时光沉淀的美好
是这一生的心灯在照耀
曾说好你要把自己照顾好

如今流行算法
却算不清你的牵挂
出远门时你无言叮咛
归来时我忽然喊一声你
难忘共苦胜过同甘的记忆

记得一起憧憬
能不能更多陪伴你
听风声雨声和叶落声
我就会遥祝风调和雨顺
田里地里庄稼长得可喜人

过往已成记忆
怎还是会不时想起
以为放下就能够忘记
我不知远方到底有多远
远望远方算不算俩俩相忆

42 没你的日子

没你的日子已过多久
没你的音讯学会不担忧
没你的岁月感受岁月滋味
没你的牵挂咋隐隐挂牵如旧

初一那天同学家吃饭
本是说说笑笑开心自然
叔叔阿姨不经意提起你们
哽咽的我忽然泪涌未能强忍

习惯每天通话的手机
习惯了不再有你的音讯
习惯上班路上的每天问安
习惯了你已经不在电话那端

没你的日子成了岁月
没你的音讯是感念沉淀
没你的牵挂我学放下挂牵
没你我懂了感念的美好感觉

43 疼我,你们总是不说

一样的轮回四季
一样的春夏秋冬
习惯了寒风里电话问候的暖意
习惯了春天你们说着种了什么菜的从容

你喜欢攒着干菜
你愿意我带回来
每次回去无论我从家里带什么
每次多带回来你们脸上透出心里的快乐

慢慢地我懂了
渐渐地我知了
疼是这世上最不用说出的语言
疼我的你们默默把干菜塞进我的包里面

一样总是不说
一样不说疼我
我习惯了你们不说出来的亲疼
我慢慢习惯了已没机会再感受无言亲疼

44 阳光暖在心上

又到花开春暖的时光
时光里的阳光暖在心上
上学的上班的人是不是哼着歌谣
歌谣里是童年的影子还是一路的成长

成长的快乐多过惆怅
惆怅的人要离家到远方
远方有多远要多久才能回到故乡
故乡是炊烟袅袅还有乡音编织的梦想

梦想融化成了梦和想
想是梦归醒来却在远方
远方远不远记忆里一程程的归途
归途辗转从来不言苦只因故乡在心上

上次回故乡已不一样
不一样是午发夕至的爽
爽爽的高铁让感念也有了加速度
加速度的归程想回你就可以回去一趟

45 姆欸，叔欸

姆欸，老远喊一声你
你不在地里干活就在田里
田里地里庄稼长势是每天的在意
在意收成是一家的日子盘算在心底

叔欸，走近了才叫你
你的快乐在编草鞋的自信
自信会做石塝是受人尊重的手艺
手艺好就有底气就有人请你填屋基

姆唉，又到采茶季节
节气是抬头看天气的情结
结果检验每季的辛劳收获的大小
小年和大年你都一样地辛苦和操劳

叔欸，你不存在农闲
农闲时常常被人请去做塝
做塝给你一生的自豪和做人信念
信念里你常提及在县城做的梅花塝

姆欸，你教了我敬畏
敬畏是不勤劳只会空后悔
悔不当初有何用干活才会有希望
希望应该是不识字的你心里的梦想

亲之情

叔欸,你遗传着耿直
耿直是你一生做人的真挚
真挚在待人待事你不会欺骗自己
自己心里坦然就算生活再平凡也值

姆欸叔欸,知听不见
见到路上老人我常会感念
感念里想起从没有说过谢谢你们
你们已不在了我只能在心里说一声

46　谁写在谁心上

泪光曾是谁的心湿了眼里的光
光湿润了慢慢慢慢重回从前的闪亮
亮闪闪的岁月不只是生命里一段故事
故事原本是谁把谁写在了心上不会遗忘

忘不了的怎都是不经意的简单
简单会不会是谁想念着谁那么简单
简单的文字里你说你会喜欢听哪一段
一段一段回忆不是电影而是岁月的灿烂

灿烂人生是懂得了把感念沉淀
沉淀过的美好会更美好地照耀今天
天还那么蓝远方是句绵长而温暖的诗
诗意心境谁都能营造何必要愁煞的样子

样子里的你还是不是快乐的你
你若安好便是晴天我便会无比开心
开心日子写下的句子纵使平淡也暖心
心里的你还好吗无意中我咋总会想起你

47　想回还是不想回

我已很少很少再回去
你却还时常进入我思绪
走在路上感受着每天的天气
会不自觉想你那边天晴还是落雨

已没有那么多的但是
却难忘记忆里你的样子
没人给你发过奖或表扬过你
你却无论刮风下雨辛劳着这辈子

有点想回去看一看你
知道你不会再在田地里
忙碌的身影却还是那么清晰
每一次回去你总是很快去菜园里

不太想回去为你扫墓
却想从前你做的清明粿
谁说清明时节就一定要伤感
有过享过你的亲疼此生已经很灿烂

48 你是我的心情

听听，听不见你的声音
我却能感受到你的温情
你是这世上自然的普惠
有谁会不喜欢你的公平

听不见却还是愿意听你
安静时感受到你在心里
孤独时你给我暖暖陪伴
感伤时你融了我的泪滴

慢慢懂了，你是我的心情
谢谢你不弃不离陪伴我前行
不用在意能不能听见阳光的声音
你在我前行的脚步里有时又隐身诗句里

我又出发，出发才不负你
愿意更多地把你装在我心里
旅途中谁陪伴着谁又有什么要紧
谁说听不见你声音你只是成了我的心情

49 一份潇洒有没有

学武欸,昨夜我又梦到你娘姆了
你娘姆在时我们在一起谈天很快乐
每次回家常有长辈拉着手说起我母亲
这个时候我总是想躲开因为不知道说什么

回来啦,今天怎么有空回来一下
见面跟谁都打个招呼,你算用的嘎
听到熟悉的长者这么说时总不好意思
其实每一声招呼于我都是释放了一次牵挂

从前每天走的青石板路印在心里
从前一起干农活的人都霜染了两鬓
如今村里房子变得更漂亮了路也变宽
村里人已更加懂得把日子过成自己的喜欢

挥挥手,还在很多年前的这村口
装一份久居都市的人的潇洒有没有
好像有一首歌说过一生只够爱一个人
我记忆的深处只能有待这一个故乡的情深

油菜花,金灿灿扮靓山村原生态
乡亲乡情乡土教我感读着故乡情怀
一声招呼一次握手融了说不出的情愫
送我出远门的两个人不在了回味也是幸福

注:用的嘎,威坪话,不错的意思。

50 见与未见心里都温暖

见与未见心里都温暖
温暖是太久未见还记得我
我却忘了你的名字虽然曾经很熟
熟悉的炒面记忆里的味道是年的相伴

相伴着你的故事相叙
叙述青涩时代还那么有趣
有趣的你和他和她如今都有事业
事业不在大小有意义就值得坚持不懈

不懈的奋斗让平淡变丰富让平凡闪光
闪光是时常有感动寻常里有梦想
想念的这方水土滋润此生
生命温暖要谢谢你们

你们讲的故事会温暖又将前行的旅途
途经的风景等写了手记回来再讲
讲彼此奔波到远方苦不苦
不苦不苦努力便幸福

51　纷纷雨暖暖阳阐释一个清明

纷纷雨暖暖阳阐释一个清明
扫墓的人是不是在抚触故人心
无声说心里的遗憾或愧疚可还唏嘘
说给两个世界的话疑是一个人的坟前自语

有过多少当在乎没更好在乎
最终有了感念不是感伤的感悟
空叹息莫如反思后懂得更珍惜当下
只叫人花开春暖的季节拭去心伤快乐出发

静静理一理坟前长出的新草
这景致的自然仿佛说生生不息
有你的所有往事风化成岁月的美好
浸一色春光你愿意遥遥相忆还是珍视分离

打个电话给回去扫墓的妹妹
电话里好一个清明的春光明媚
妹妹开心地说在邻居家正吃清明稞
我呢想着过些日子也回趟老家邻居家坐坐

52 你将情怀融进四月的暖阳

你将情怀融进四月的暖阳
阳光和春雨都弥漫希望
望着心里最近的远方
远方原来在我诗行

诗行有时是听歌时的释放
放下感念提笔还在心上
上次回去其实没多久
久久长长情绕心头

头一次出远门还历历在目
目光里像有母亲的嘱咐
嘱咐无声是不言付出
出门学把自己照顾

顾盼流连这一次四月归来
来了我会在村口待一待
待着想那村口的道别
别梦依稀存了情结

情结怎如此生誓言伴着你
你说你没有刻意去想起
想起常是一种不经意
不经意想才是在意

在意的方式为写意起名字
名字要体现共情的意思
思念感念相通叫乡读
乡读就作四月的诗

诗是一村一村的春暖花开
花开季欢迎到我老家来
来吧来吧感受原生态
原生态里你抒情怀

53 谢谢你让我生命里有你

那一天你让我走进你生命里
一份担当也就从那一天起
有罪自己受有难自己扛
就算苦着你自己

那一年你让我远行离开了你
一份牵挂也就从那一年起
你还一样天晴晒下雨淋
做着平凡的自己

你说天晴防落雨
相信生活的难终会过去
曾经我们连雨伞也买不起
你却能把艰辛日子默默撑起

你说心里很满意
你说有这么多年好日子
谢谢你让我的生命里有你
你走了我懂了开始经营日子

54 父亲,母亲,原谅我这次没去看你们

父亲,母亲,我回来了
回来了心里温暖溢满快乐
快乐的我这一次没去看你们
你们一定不会责怪一定会支持我

我陪好多朋友到咱们的村里看看
看到一溪清水流淌都说喜欢
喜欢整洁和漫眼的原生态
生态宁静透着淳朴简单

简单淳朴是安川的品格
品格里透出的是淳朴村风
风里雨里祖祖辈辈勤劳为本
本分的安川人到哪里都保持本色

本色本源谁说不能吸引朋友到来
来了县长著名主播科技总裁
总裁说这次旅行感觉很好
好想说乡愁是最美情怀

怀着一样的心情和感念
感念故土的游子都回来了
回来了好多人自愿做志愿者
志愿者和大叔大婶个个洋溢笑脸

笑脸相迎每个参加乡读节的客人
客人开心安川的我们就开心
开心可是平实的文化传承
传承淳朴的民风最温情

温情里想告诉父亲母亲
母亲生前说我们要好好的
好好的安川已经变得更温馨
温馨是去不去坟前你们一样在我心

55 不及泪

已不记得那天什么天气
曾那么依恋这个世界的你
不再回应女儿呼唤宁静了自己
我大脑一片空白甚至庆幸不再纠结难受的你

还记得你离去那个日子
留恋世界的你无力又无助
守候你两个月的女儿号啕大哭
我不知道是不是没敢当你面落泪太久的缘故

没忘记你离开前的情形
我在你耳边轻轻地告诉你
看你疼得难受宁愿你早点离开
那天我刚刚出病房哥哥电话大声叫着快回来

在你病房曾偷偷地落泪
你离去那一刻我竟不伤悲
来不及落泪没看到你最后离开
走吧走吧你去了没有疼痛的地方不会再回来

56 祈愿·许愿

我已告诉我自己
不管什么时候想起你
就算泪落也不可以哭泣
不是不在意是要放飞这份在意

写过因你的文字
我不知道那可以叫诗
这只是一份心思的真挚
写出来的每句都不希望加修饰

你我已天各一方
今生缘断不会再续上
不再打手机也不会再见
好吧好吧今后你要待自己好点

知道那天起缘断
远行前的你是否祈愿
我以未道别的方式道别
走吧走吧缘在此生已驻留情结

让我也许个心愿
你走了时光依旧灿烂
有没有下辈子何必较真
我们有过了今生的缘我很感恩

57 勿念·无念

你和我之间好像并不太在乎过节
节日其实是牵挂被牵挂的情结
结束了那份太长太长的牵挂
挂牵的你已经把今生放下

下辈子不曾是你和我有过的相约
相约的仪式感好像从来没有过
有过的亲疼在心里很少会说
说出的简单到靠感觉感觉

感觉告诉我这次可以用上了勿念
勿念我怎么解释给不识字的你
你更愿意说好日子里的勤俭
勤俭是你一辈子的最在意

在意农活时节什么时候要忙什么
什么时候种什么什么时候收获
收获日子的丰盈是你的快乐
快乐让我想说开心最不错

不错你在时从来不过阳历的节日
日期于你就是四季轮回着日子
日子怎么轮也不知有母亲节
节日到了想说母亲已无念

58 别送了,回去吧

别送了,回去吧
又一次,送我到村口
我动作很小地朝你摆摆手
买得着火车票明年我再回来过年吧

回去吧,别送了
每一次,都说别送了
每次离开你都会送到村口
我总是装作潇洒地走出好远再回头

你还站着,我已走出好远
瘦小的你好像跟村里人说着话
听不清望着孩子远去的你在聊着啥
望着孩子离开你是否后悔孩子的渐行渐远

后来回来,自己站在村口
乡亲们说怎么这么快就回去了
跟您年纪差不多的老人拉着我的手
告诉我昨天晚上又梦到你跟她一起谈天了

别送了,回去吧
这一次,我离开村口
想跟从前那样轻轻摆摆手
告诉你票很好买老家已通高铁你却远行了

「亲之情」

回去吧,别送了
那天起,没有送别了
村口道别却总在脑海闪现
不再有送别也不会有下辈子只有梦里相见

59 叫叔的父亲

父亲,为何我们从小叫你叔
是不是老家习俗或者你不识字的缘故
有些遗憾我从没陪叫叔的你下一回馆子
却记得你端大碗食指抠在碗里边喝酒的样子

父亲,我叫了你一辈子的叔
如果你还在让我们相对而坐再叫你叔
我学你喝酒样子清脆地跟你的碗碰一下
连喝两口慢动作把碗轻轻地往桌上一放吧

叔,我想听你再讲讲做石塝
在县城做过的梅花塝是你内心的辉煌
你总是自豪地讲施工员叫你塝师傅老王
不是手艺胜似手艺塝师傅是你心里的工匠

叔,我们彼此从未有过拥抱
九年前父亲节那天却抱着镜框里的你
静静淌下的泪默默讲述心里对你的难舍
你让我说说没带你到北京来的愧疚好不好

父亲,梦里还是习惯叫你叔
总是梦到晚年的你不成曲调地拉二胡
佝偻的你蹒跚中放鞭炮时动作那么坚定
喜欢剃头的你传给了我享理发情结的幸福

60 端午货

明明儿时时光已远去不再回来
心里隐隐有对端午节的期待
盼端午节其实是盼端午货
外婆送来包子味道不错

石板路上外婆们好幸福
除了菜包子有的扯几尺布
让裁缝给外孙们做一套衣服
有的还送鸡蛋剁块猪肉加豆腐

外婆没给我们送过新剁的猪肉
也没见过从供销社扯来的布
我们还是每年一样盼端午
菜包子味道在心里驻留

外婆已经离开了很多年
当了外婆的母亲也已离开
蜿蜒到外婆家的小路已不见
变好的生活里还记得那个年代

三 乡读手记·心之情

1 生命,就是每天有个约会

每天
我和心情都有个约会
内心会意的是活着的美

每天
我和快乐都有场相约
她总是随幸福款款而来

生活
有这样那样的想不到
岁月沉淀过的都是美好

生命
就是每天都有个约会
幸福快乐是这一生的约

2 做一个简单的人

总听人说自己如何如何简单
实际总被工作或生活繁琐纠缠
简单可不是说做到马上就能做到
欲念太多太强若想简单会很难很难

常有人说这不在乎那无所谓
真这样就不说也不觉自己悲催
不在乎是自知优缺点凡事能释怀
无所谓是有所为有所不为的放得开

做个简单的人并不那么简单
简单要先有好心态你说难不难
好心态不是说有就有要长期修炼
你若什么都想要怎么可能做到简单

做个简单的人也没有那么难
做不到的事就说做不到多简单
谁都没有义务对你好遇事莫叹息
别人不害你是你的运气帮你是福气

没那么难就做一个简单的人
一辈子其实很短何必要装深沉
做自己该做的别在意优秀和平凡
别纠结太多别让生命落下一身伤痕

3 每个人都是一个世界

少有人记得来到世界第一眼
谁又说得出自己离开世界那一眼
每个人都在画一个圆无论小还是大
经历苦痛或甜蜜的灵魂应该不会有假

我们又总是凭第一眼把这个世界想象
其实看到的世界未必是想象的那样
好坏未必在表面万物皆有灵性
因缘分分合合是生命的寻常

愿不愿意前行终是你的选择
痛不痛苦你都得学会发现快乐
前行才会让心灵更丰盈快乐更具体
每个人都是一个世界就看你是否亲和

放下当放下你的世界就可能变得很大
你做的一点一滴砌出了世界的边界
担起你该担变大的世界才潇洒
在乎当在乎跟世界说声"耶"

4　别太out

穿过人流走过路口向每天的方向
你来我往挤着熟悉的熙熙攘攘
南辕北辙却很少见到人问路
如今的人出门问路用导航

低着头仿佛与这世界无关
其实敏感的人们已经更敏感
每个人的手机都装了一个世界
谁都愿意世界因公平而更加灿烂

我们都用梦想勾勒着城市的模样
年长的总担心年轻人缺失担当
其实大可不必不必要地担心
历史规律一代更比一代强

别说谁为谁牺牲或者付出
每天做好自己比什么都舒服
谁没幼稚过蒙圈如今人们叫萌
不习惯饶舌不喜欢嘻哈是你太out

长江后浪推前浪前浪拍死沙滩上
切莫以对错好坏简单判断世界
修炼宽容包容人生才更和谐
中国风或摇滚皆燃了声浪

5　别活在遗憾里

人生不可能没有遗憾
想弥补时常常为时已晚
很多时候我们纠结于对错
恰恰让幸福和美好时光错过

我们总是且错且成长
当珍惜的往往不去珍享
以为岁月不老时光会常在
过错或错过总是过后才明白

什么时候明白都不晚
错就错了不要郁郁寡欢
反思是为了别活在遗憾里
更重要是对当下的更加珍惜

别老说人生太多无奈
经历的历经的历练情怀
沉浸遗憾莫如容错再出发
带着爱的前行才会又见彩霞

6 否极泰来

不是所有的努力都会有结果
也不是所有的付出一定有回报
要紧的是做自己想做做自己能做
人们常说问心无愧那才是境界的达到

白居易说"乐往必悲生,泰来犹否极"
所谓谋事在人成事在天应是同理
古人曰"福兮祸所伏,祸兮福所倚"
用心做事不是凡事都要算计

吃亏是福指物欲上的真舍得
付出了努力了得不得到都快乐
不是你的争也没用该你的跑不掉
世上事你能想到的别人不一定想不到

有道有心栽花花不开无心插柳柳成荫
当发现过程的投入是内心的丰盈
所有努力所有付出都已是美好
否极泰来随了心缘的最奇妙

7 雨露阳光，何时不天堂

很早以前，就想做个快乐的人
砍柴割草种地，会挣工分
过节时听父母的话
走亲戚串个门

很早以前，心里给快乐定了义
有白米饭吃，过年穿新衣
闻到柴锅辣椒炒肉
生活已很传奇

很早以前，理解了母亲的心愿
成为居民户，生活会改善
做个"单位上的人"
邻居眼里的馋

父母让务农后的孩子再去把学上
考上了学校生计便有了保障
那可是有定额粮票啊
工作了有工资盼

没辜负父母的心愿孩子上了大学
工作后寄钱回家没忘一个月
快乐的父母依旧节俭
孩子理解父母情结

「心之情」

忘了哪年起给父母买皮鞋寄保暖衣
知足的父亲母亲内心那个满意
逢人便说,孩子寄来的
心里头,那样欢喜

越来越体会快乐其实好简单好简单
给亲人身边人带去快乐心便温暖
雨露阳光,何时不天堂
亲疼于心无悔无怨

8　我有一份心情

从今天起，放下所有的纠结
跑步、走路、工作、健康是事业
从今天起，享自知之明拥简单之情操
我有一份心情，知生命脆弱知自己渺小

从今天起，和每一个身边的人温和相处
让友亲们感受生命里有你们是我的福
每一次再细微的感动都温暖着我
平淡的文字，是淡淡的倾诉

给每一次的相知每一程相伴
赋予最含蓄的美好最简单的温软
不把感恩说出来记得是你们点滴的好
未必祝福挂嘴上只想快乐在心灵间流转

因生而死或向死而生，都是生命的旅程
愿懂得相携的亲人因相知而更享情深
愿感受相伴便美好的朋友无遗憾
愿活在尘世享一份心灵的真

9　有情比无情多

天涯一云帘
海角两相念
花落待花开，记录是时光蹁跹
春去又春回，书写着故事万千

错对由人说
苦乐亦洒脱
敬畏是知渺小，自在才是生活
人贵自知之明，有情比无情多

正道是沧桑
简单又何妨
最是亲疼的柔，融了乡思感伤
挂牵不在嘴上，相伴已是天堂

豪情寄温婉
感念可心暖
你好我好，我们都好才不心酸
说说笑笑，几度春秋几多温软

10 采一束阳光放在心里

采一束阳光放在心里可好
温暖带来一整天时光的美妙
想不想给时间更多一点的自在
时间自在拓了空间空间自在才无纷扰

过马路遇红灯你抢过还是等绿灯放行
有钱人不抢时间咱没钱别玩命
一天二十四小时对谁都一样
要时间还是空间在你的心

一辈子是多长多长才算得上是一辈子
好死不如赖活或赖活不如好死
你更想更愿意选择哪种活法
告别世界时你才会少牵挂

苦过甜过痛过爱过叫人生
得到过失去过就不会再去争
知自己平凡和渺小才是知敬畏
知敬畏才更懂得珍享阳光抚心头的温

11 四月

人说四月是婉约在时空流连
我说四月是满城轻盈拂面
一树一树的花开为哪般
希望就在空气里蔓延

喜欢花的人炽热内心想含蓄
怜草的人奔放心灵却寡语
盛开的花下好多人留影
飞絮间可持快乐心绪

四月是美的自然时光
身和心都变得可以轻装
花轻语人欢笑鸟儿在嬉闹
整理了感伤的我们再次出发

软的风细润的雨温柔的暖阳
喜欢天亮得早白昼的变长
感念不惆怅简单享情怀
人间的四月最是天堂

12 多少年后

旧时民谣今世传
谁与谁盼着团圆
说缘分聚少离多
时光只见证履诺

别梦依依把手挥
不敢允诺何时归
上次回似隔世纪
心枕情思游千里

多么希望与君更久长
聊乡思说相聚数语话衷肠
归来时会不会望望记忆里的山
那年春天你摘一朵杜鹃花插在头上

这次第回首是叹
我们在心里团圆
多少相聚又别离
梦见胜过了苦盼

吃月饼还是粽子
你说何物更相思
节日是岁月装点
心思又何须掩饰

「心之情」

写几句手记做做样子
君心悠悠可是原来的样子
出发那个地方你是否还想得起
多少年后的我们会不会再聚到一起

13 清明是芬芳

很多年提起清明就想起清明粿的清香
清香是艾草绿油油在心里那份芬芳
芬芳是春的盎然万物生长欣欣然
欣然是知生命的真谛不是悲伤

悲伤不是故去的人心里的愿意
愿意是感念在心无论有怎样经历
经历让你有颗知恩的心更好地前行
前行是未忘从何处来美好不只是回忆

回忆中拭去心伤祭奠里敬畏生命的美
美是我们快乐天堂的亲人才会欣慰
欣慰是阳光告诉你感念不是感伤
感伤只是清新灵魂清明也是醉

醉是享你的想想是清明粿滋味
味道沁入心扉纵使生活琐琐碎碎
琐琐碎碎何尝不是一份生命的感动
感动是你要享春光的清新春光的明媚

14 清明之歌

都说清明是感伤的节气
我说清明因感念更富生机
远去的人与春色的盎然同在
扫墓的我们扫墓本身是生生不息

清明时节雨纷纷路上行人欲断魂
我说纷纷雨是万物之灵享泽润
油菜花的绽放和新茶的芳香
告知故人安好是春光的温

何尝不可以说清明亦柔美
明明我们都沐浴在清新明媚
感念中拭去心伤清新我们的心
怀缅故人的点滴不应是为了落泪

尝尝明前茶吃个清明馃君心可醉
献一束鲜花洒一杯酒就当碰杯
是否忘了故人以前的最喜欢
感念是天堂连人间的花蕊

15 待到山花烂漫时

走了的你好像从没有离开
离开了又咋会常回到我心怀
怀念相伴的时光感念相知的美
美丽是冬去春来给念想的心放飞

放飞了情丝也放飞了期待
待到山花烂漫时你回不回来
来到我梦里讲你远行后的故事
故事像酿好的酒有点烈却很畅快

快乐是心在情在亲疼就在
在相思的季节享念不用怀揣
怀揣祝福怀揣祝愿是暖暖心絮
絮语轻吟是那一声你好无须感慨

16 阳光

阳光入心门
抚慰晨行的人
灿烂是前行的明媚
昨日逝去和今日拥有一样的温

知天命非时光老去是知要什么
要或不要都不是错
好的沉淀于心
放下亦无过

活得不心碎
简单最不是累
平淡与寻常已美好
知自己渺小知生命脆弱是敬畏

不止默认我就来自那个小山村
远行曾羡煞许多人
经繁华已幸运
快乐是福分

17 心融结

情到无声心融结
暮想朝思亦无邪

提笔话思念
落句却汗颜
疼到至疼处
疑问缘深浅

字里少戏言
牵挂寄行间
有情似无心
何以意绵绵

情到无声心融结
暮想朝思亦无邪

相念非感念
念君难相见
重逢在梦乡
可知个中甜

毋言夜难眠
祝福暖心田
情深如夜深
静是缘相牵

18 一杯敬夜深

当你走进夜的宁静
可听到自己脉动的心
欢乐和忧伤谁要多一点
看你是在意别人还是在意别人在意你

安静的夜里有的人愿意自饮一杯红酒
美好留唇上让苦涩滑走
别放大感伤缩微快乐
温软在情愫沉淀后

何必多愁何必善感
莫跟你自己的心纠缠
给你疗伤的只有你自己
相信时光被时光沉淀后心静已温暖

一杯敬回忆一杯敬牵挂一杯敬夜深
想说你在我宁静的灵魂
有过享过伴过已足够
有你我已幸福此生

19 五点半的晨跑

五点半的晨跑
还看不太清跑道
零下的风有点冻耳朵
穿得暖和跑几圈就不退缩

前面的老大哥
热忱跟人招呼着
"别太快,快了伤膝盖"
"谢谢,好的,听老哥的"

喊得有点齐整
后面是一群学生
一、二、三、四,1234
我呢,习惯了数圈用钥匙

酸甜和苦辣咸
人生轨迹走一遍
沉淀后的一定是美好
快乐,是心地向善向前

早起是出早工
曾经生计在心中
如今晨跑是活动活动
身心康健生命才会从容

「心之情」

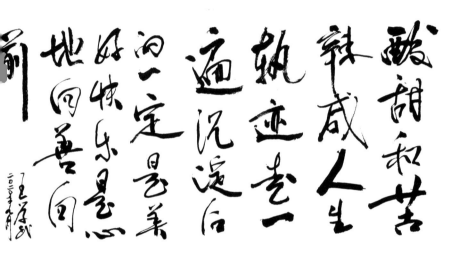

▲ 酸甜苦辣咸

20 莫问时间都去哪儿了

有时候你关注一座城市
因牵挂一个人或一份乡思
有时候你惺惺相惜一个朋友
因为心息相通纵使聚缘不常有

每个人都有故事和经历
故事里的事和人浸润记忆
聚已聚散已散聚散都是人生
亲已亲疼已疼放不放下皆亲疼

这世界什么都可以众筹
唯独时间不能用股本拼凑
这世间总有这样那样的欺骗
独独我们的一份内心难被骗走

莫要问时间都去哪儿了
其实就在渐远渐行的快乐
还有两鬓霜染的生命恩惠中
每天的你心有亲疼已时光从容

21 雨在旧梦相思中

霾缘亦萌
天地一色已非梦
远近高低共蒙蒙

沧桑已空
一街口罩做屏风
黑白交集情亦浓

风无行踪
雨在旧梦相思中
盼雨盼风心事同

严重严重
此严重非彼言重
看预警笑把肩耸

醉了朦胧
前行何须诉情衷
天上人间霾缘共

美是相逢
看不清你也从容
此匆匆融彼匆匆

22 日子与日子的耳语

时光踏着自己的脚步冬去又春来
日子与日子耳语里是柔柔感怀
昨夜你说明年的此刻再相叙
点点头算不算承诺得太快

远方的朋友说生命中美好的情愫
是藏在岁月长河里故事的朴素
在某个猝然时刻想起和触动
青春影子不再回味却无穷

你好岁月已好
我笑时光微笑
生活并不复杂
简单便少烦扰

温暖燃亮心灯
纵使人静夜深
人生没有如果
美是生活的真

约好明年再会就算依旧梦里相聚
谁做谁心中青春的归人都欢愉
莫要去染鬓霜那是岁月的光
遮掩时光痕迹才让人唏嘘

心之情

别什么都看透留点朦胧给岁月狗
没心没肺其实是秘方对付忧愁
生命里有一颗心灯相伴前行
秋冬春夏都会有一股泉流

23 趁时光正好

见你想见的人
做你想做的事
读你想读的书

趁童心未泯
趁大家都在
趁岁月未老

吃想吃的风味
看想看的风景
写想写的故事

来日未必方长
时间不会等你
趁着时光正好

历经已是财富
简单才是难得
宁静本是修心

爱你之所爱
疼你之所疼
亲你之所亲

「心之情」

纵使缘分已尽
就算注定离别
无悔已是珍惜

24　一生画一个圆

总有一天像你一样离去不会回头
每个人旅途都是单行线想留不能留
拥有或不曾拥有都无悔无怨已经足够

一路的辛劳其实都是给心灵加油
用心细心有心专心尽心就会少忧愁
有一天当我走时会说这一路没有白走

就像想起你时你少有不干活时候
干着活时你才不慌才踏实在心里头
你说天晴防落雨可指无远虑必有近忧

一生画一个圆无论走过多少路口
平凡生活谁能告诉有谁离得开双手
一辈子修炼放得下拿得起算刚还是柔

因为无法回头所以要好好往前走
在意过亲疼过就不怕告别不怕挥手
不离不弃是愿望更是心里的好好拥有

25 朔风吹

朔风吹,寒冬归,情暖心无摧。
灯火阑珊已是景,识人唯前行。

心之诺,情之宿,心情如自酌。
一杯冰水已神怡,修心在四季。

朔风吹,寒冬归,情暖心无摧。
问君可有真知己,有时可珍惜。

心之诺,情之宿,心情如自酌。
几程同行算永远,别后可孤单。

26 年轮

这一天总会想点什么很静很认真
又觉得一程时光清零后再启程
该放的就放吧想做的就去做
重逢自己是又一圈的年轮

说好的不再给自己过生日
还是收到短信祝福疑被励志
祝福和祝愿，祝你祝我祝我们
谁和谁相遇相见的缘都只是单程

曾经盼长大真长大了却愿更简单
曾经那么想逐梦远飞飞到很远
奋飞过才发现了自己好渺小
奋斗过才知享平凡亦向善

母亲说过，过什么生日啊
现在的生活，每天都像过节
想想经历过的没肉过年的艰难
如今每天都身在福中纵使再平淡

出发，就以跑步点赞享平凡的心
一辈子能做的不多做就要心静
再次遇见自己已是生命恩惠
幸福是你疼谁谁又亲疼你

27 元月

开启新年的第一个月叫元月
迎新辞旧其实是一场时光告别
365天的再出发是以每一天为单位
好年景的期盼需要每一天都有点作为

每个人生命的终极大概只有两种境界
不管你是有所谓还是能真的无所谓
牢骚或者愤青有碍健康无济于事
说到做到,生活就不会太悲催

一个是天堂,一个是地狱
一个是幸福,一个是悲哀
一个是亲疼,一个是淡漠
一个是奋斗,一个是空待

好心态需修炼出来好状态要锻炼出来
觉得自己不幸福或不快乐谁也别怪
做好人或坏人有时就在一念之间
敬畏是离开谁地球照转的心怀

为新年预热的祝福,还未远去
娓娓道来的新年献词温暖了心绪
幸福,是奋斗出来的,这不是空话
元月不只放飞希望更是新气象的意寓

28 淡淡的,是世界的白描

淡淡的,淡淡的是一种轻柔
轻柔,轻柔是拂面的晨风
感觉得到,但从不驻留

淡淡的,淡淡的是一种曼妙
曼妙,曼妙如浅浅的波纹
晨风抚处,是纹波涟绕

淡淡的,是世界的一种白描
白描,远远近近短短长长
隐了底色,又划下线条

淡淡的,不是摇滚不是交响
风里飘来,长笛不亢不卑
余音袅袅,飘落在心上

淡淡的,淡淡的是感念沉浸
攒着温馨,承载你的柔情
内心炽热,又宠辱不惊

淡淡的,是我静谧的深呼吸
心有多静,生命就多自在
初心不改,前行中蕴意

心之情

淡淡的,是得之不喜的洒脱
失之不忧,庭前春去春来
去留随缘,任花开花落

29 共安

对
或不对
疼过错过你
想起何必追悔

回
或不回
故乡是梦乡
牵念最是回味

记得
或不记得
疑似心思归隐
静是淡然的快乐

问候
或不问候
天上人间共安
温情悄悄涌心头

30 时间里的光阴

快乐的人总感觉时间过得快
幸福的人总觉得时间不知不觉
人们用光阴似箭说时间一去不回
其实时间只是一种存在最不会走穴
时间于每一天于每一个人都平等相待

懂得珍惜当下你就会感到时间的存在
逝去的时间叫岁月岁月孕育了情怀
敬畏时间才拥享了时间里的光阴
学会感恩时间时间有泪更有爱
世界爱热闹热闹里我咋发呆

说一声又一个新的一天安好
可能有雷阵雨看一看天气预报
听生活的繁华与心灵的安静对白
岁月的恩赐生命的青睐要来的会来
情怀美不美就看你是否在时间里悟道

31 真

习惯了已没有你的音讯
也不再有给你电话的温馨
另一种相伴却如微风如空气
淡了感伤无言成了最长的在意

每一个念头并没有想你的字眼
每一程前行又仿佛你在身边
感念穿过距离远方就不远
感伤沉淀感念终是甘甜

说出的想念未必是最想
无言相伴亦是生命的阳光
时常相伴在生命里的那个人
你会感念到连名字都很少去想

说心疼是心疼后不再纠结亲疼
感念不落泪未必感念就不深
问一声你好吗不如说你好
好好的是你带给我的真

32 善

别人待你一点好
你会用十分去回报
借钱如果暂时还不了
难为情你也会把话说到

善是心里一份通情达理
有时是一种善解人意
善是铭记别人恩惠
哪怕再微微细细

时常地会被感动
别人受苦你会动容
自己不易时咬紧牙关
别人的理解会记在心中

相信每个人内心的向善
做不到的事不去许愿
善的底线是不害人
向善的你心温软

日子好时不矫情
艰难时不失公道心
尊严是凡事少占便宜
知渺小有敬畏便是心性

33 美

很少听到你对生活抱怨
抱怨太多难享美好的简单
简单的你常说命运待你不薄
不薄是醇厚的心因知足而灿烂

灿烂是知恩感恩的心充满阳光
阳光的人珍惜当下很少惆怅
惆怅会有碍健康无济于事
事物美的发现在心敞亮

亮丽是视觉感觉的颜色
色彩的美从来就不会吝啬
吝啬的心才会遗落世界的美
美是视觉被感动或感觉被温热

热爱生活是对诗和远方的珍享
享每一个当下才无愧于向往
向往未来心有梦想都是美
美是寻常而怡人的花蕊

34 昨天

回忆昨天最怕让人沉湎
沉湎深了会感伤到泪湿脸
脸上的印记是心事幻变出了皱纹
纹路浅浅深深蛊惑你忘了美好要向前

老说昨天可算善感多愁
愁更愁拾起初心还要理由
由不得你哭或笑时光都不会停滞
停滞的心思抑郁在昨天伤痛只会更久

昨天是时光路过小驿站
站在岁月旅途或留有遗憾
遗憾教我们懂了今天的弥足珍贵
贵在你自己明白永远其实并没有多远

35 今天

想做的就专心地去做吧
别让今天像昨天纠结出白发
若活在如果的假设里毫无意义
悲哀不是失败而是还没出发就害怕

想闯你就勇敢地去闯吧
人生的灿烂有多少只靠规划
梦想不可以没有但现实很骨感
今天的开心是昨天奋斗来的幸福茶

这世上真的没有成功学
别人成功里难有你成功秘诀
昨天已逝明天未知唯把握今天
别幻想梦想可以在时间的隧道走穴

快乐真谛不是今天复制昨天的等待
不珍惜今天开心就不是你的菜
踏实和踏实向远方都是奋斗
奋斗才会快乐而富情怀

36 明天

每一个人都期望明天会更好
更好是没昨天的烦恼今天的焦躁
焦躁是做错过事烦恼是机缘擦肩而过
过滤迷惘放下不如意内心就会真美妙

明天常常是幸福祈愿的寄托
寄托的是幸运企盼是福气的降落
落阳的往复落叶的循环是自然的恩赐
赐你有好未来赐我一生都会信守承诺

明天又是信念和梦想的放飞
飞多远飞多高在你心思是否醇美
美丽的心地美妙的心境在心灵的阳光
阳光的心期待明天更修炼今天的智慧

明天是又一个真实着的今天
今天是否努力决定明天苦还是甜
甜美人生不是盼来的明天更需要加油
加油吧明天的美好在更懂得直面艰险

明天，是否更好由今天决定
决定灿不灿烂看你是否坚定前行
前行中的信念还有前行中的信用信守
守护一生的是向善向好，信不信由你

37 美好是岁月本身

每年的风每年的雨像练习记忆又像催人忘记
记得的曾经的遥远的想不起仿佛都不要紧
要紧的是那些年捱过的难关是否已忘记
记得借给母亲鸡蛋的人哪怕是句关心

关心有时候很珍贵在那个艰难的岁月
岁月无言贫穷时代信用也可能会被质疑
疑似希望能否实现只有你自己给自己鼓励
励志很需要意志力更需要岁月的佐证和审阅

阅过那些有你有我还有我们一起经历的故事
故事里的细节已过滤成了情结的温暖如诗
如诗如画原来可以是艰辛沉淀出的美好
美好竟是岁月本身或者拥有着的日子

日子是岁月的一个个温情相连的标点
点赞生命所有的给予所有的感悟和遇见
遇见的都是岁月的恩惠无论快乐还是感伤
伤不起的是每个当下快乐是你我心里的希望

38 一生有你

打开手机总是不知不觉想起你
无论走到哪里看到怎样靓丽的风景
留影留念或感慨感怀总会联想你的美丽
刮风了落雨了换季了叶落了会想远方的你

一篇两篇三篇四篇不知写过多少篇关于你
感觉没把你的好写好我开始把自己怀疑
你的美我总写不美只好起名叫手记
好在你的美无怨印在了我心里

怪文字苍白其实自己缺少功底
无论我从多远归来你还是一样美丽
宁静的你一样宁静什么时候都水秀山清
一生有你就算常常只能感念也是我的福气

有点想回了想回去看看从来不用美颜的你
这个季节绿色融了金色的美会让人着迷
清风徐徐里与你相遇是怎样的运气
做一个享自然情色的人谁不愿意

39 说穿

小时候总是盼着等着快长大
长大可以出门赚钞票多潇洒
潇洒的大人过年穿件中山装
装一个干部样子手在背后搭

搭伴去路远其实不远的县城
城里人有星期天可以看电影
电影里演激荡热血的革命情
情何以堪农村人进城是谋生

生活后来变好赶上改革开放
放开想象肯干的人满怀希望
希望让少年懂了一定要奋发
发誓努力读书或认真学手艺

艺不压身是师傅说的可记得
记得的回忆的咋都是未长大
未长大的长大岁月盼这盼那
那时的美好不愁吃穿已快乐

快乐说穿了是曾盼着新衣服
新衣服配上母亲做的新布鞋
鞋面若灯芯绒的便满满幸福
幸福原来是憧憬美好的情结

40 共情世界

什么时候开始学会放得下
什么时候开始懂得拿得起
什么时候开始牵挂起老家
什么时候开始在意着在意

什么时候开始懂得会拒绝
什么时候开始凡事都自觉
什么时候开始不喜欢吐槽
什么时候开始早醒觉已少

一天二十四小时多么珍贵
一年三百六十五天多金贵
一起感受你我共情的世界
一起感怀我们共拥的一切

不在乎时光过得会有多快
不在意岁月穿越你我心怀
不在乎光阴的故事多短暂
不在线的牵挂是否更灿烂

不再见面的你我可是缘断
不再相逢的感念可是更远
不再说出的疼爱可是更疼
不再写出的思念可是更深

41 时光有声

听听,风把季节轻吟
吟吟,时光最知你心
心情,莫跟无奈纠缠
缠绵,温暖让心温软

看看,去岁今秋谁美
美美,快乐幸福相随
随你,简单钟情简单
单约,每天都是福缘

暖暖感受,时光时间的风景
景致是场景定格还是定格了场景
景致里的你愿不愿意我平淡地写你
你是时光的脚印还是岁月飘过的声音

淡淡感触,平凡平安的珍贵
贵在自然里享受自然此生已沉醉
醉人是无论走多远你都在心里陪伴
伴随前行的时光有声相伴共享时光缘

42 年龄狗

不是羡慕,是很赞赏年轻
年轻,如今不年轻的我也曾经
曾经的孩子书学费,父母总发愁
愁煞那个年代,借鸡蛋换盐的母亲

亲情无华,孝顺并无来世
世间,常听到朋友提孝顺二字
字里行间,遗憾总是在亲人离开
开心过日子,是孩子于父母的情怀

怀念无声,常常有意无意
意义于父母,柴米油盐的点滴
点滴皆生计,一分一厘都要盘算
盘算,是远去的年代父母的不容易

易逝的时光,就当是芳华
华发记录着岁月,傻一点不怕
怕年轻不再么,生命可贵是快乐
快乐不是年龄狗,对谁都不会吝啬

43 所有经历都是必修的功课

所有的经历都是此生的独有
有快乐有悲伤才有生命的历经
经过的事和路过的人涵养着阅历
历练不是空话需要这一生修炼心性

都说痛并快乐才是生命过程的求是
是祸躲不过是福不是祸练你内功
功到自然成要学会认真做功课
课件检验做事做人是否踏实

学会平和是功课必修的意会
会珍享平淡已是这一世的珍重
珍重生命里所有遇到是懂得珍惜
惜缘便是惜福每程旅途都弥足珍贵

好好地你好我好我们大家都努力好
好好生活才没有白来这尘世一把
把心思沉淀确认对心情的把握
握紧现在才享生命的最美妙

44 我们都是追梦人

我们都是追梦人
这一声的简约透着认真
万象更新人们轻装再出发
逐梦的旅程涵养追梦的坚韧

有梦想就有方向
向着梦想的奋进已荣光
梦想是引领前行者的文化
文化孕育着源源不断的力量

梦想并不在大小
如同特色文化都是符号
每一方水土都有精神标识
原本乡情是田园风光的独好

实现梦想太幸福
追梦的旅途却少有坦途
真心投入才会更靠近梦想
追梦人砥砺前行中不言付出

45 我不年轻但也没老

坐在月光里
数着生命里的福气
走在阳光下
感受轮回秋冬春夏

你是不是想跟自己说道
我不年轻但也未老
虽然没留下几张青春照
却也未沧桑到苍老

你长大在故乡的小溪边
曾想远行在哪一天
后来真的远行千里之外
青春慢慢长成未来

岁月写故事
一直是认真的样子
快乐释温暖
慢慢懂生命的简单

不知不觉地走到了中年
斑白两鬓装看不见
你说自己心从来是热的
过年的期盼像从前

心态很重要
岁月自己从不会老
别丢了童心
就不会太在乎年龄

没听明白RAP有啥要紧
瞪大眼把爵士乐听
不笑话自己没音乐细胞
节奏感让人变年轻

有时还幼稚
生活疑似更有意思
明明写手记
不在乎朋友看作诗

来一瓶啤酒
偶尔来次说走就走
用心听人说
追梦过就没有白过

你是不是想跟自己说道
我不年轻但也未老
努力过奋斗过便青春过
快乐着变老才不错

46 往事随风

人生有悲欢离合
诗文有起承转合
岁月终是缘聚缘散
故事以复杂书写简单

记得是不弃不离
忘记是记忆休息
都说获得来自舍得
我说一切皆因了选择

往事随风更随缘
心事淡成一首诗
你的笑诗里的灿烂
我的真是生活的样子

比就比谁更幸福
傻子才比谁更苦
人生本就是多离别
故事里留下一段情节

秋天给时光镀金
冬天寒风酷了心情
春天为岁月释了乡愁
我们以夏的热忱做朋友

47 无所求便什么都有

古人曾说过无欲则刚
刚听的一首歌歌词相仿
无所求必满载而归可是这个意思
无所求便活得简单凡事不会有奢望

走过很长路经历很多事
发现平凡才是寻常的日子
曾经的有所求只是体验生命的过程
过程里酸甜苦辣的体悟是生命的认真

经历过追求才会无所求
真做到无所求便什么都有
了解自己的人才能做到凡事少苛求
客观看待人和事你就不会那么多忧愁

无所求是人生最大的追求
学着知足凡事把所以然想透
受伤了能自愈开心的时候别忘乎所以
莫把情结当心结也不要疼一个人到难受

48 微笑

这世上有一种最暖的界面
界面暖色让人过多久都会感念
念念碎碎的那一种暖名字叫微笑
微笑能化解纠结也能为你融化烦扰

你的微笑让界面柔和灿烂
灿烂在秋冬春夏我愿意被感染
感染其实是一种真诚情愫的传递
传递向善心灵的不设防世界变简单

世界不能没有微笑如同不能没有光
没有光就没了亮就难以看到希望
希望在你我他的心里接力传递
传递一份你的亲疼我的在意

微笑传导微笑快乐感染快乐可好
好好的好好的别让自己太烦恼
烦恼的界面谁都不可能喜欢
喜欢微笑的你一生都灿烂

49 男人树

我是森林中一棵平凡树
树人不敢言但努力自我救赎
救赎说错过话看错过人做错过事
事在人为做事创业疑是男人的心思

男人的心思要经风沐雨
沐雨经风是心性淬炼的持续
续烟火不只生生不息的生命传承
传承了责任更需要历练向善的自律

律动是懂得温暖的亲疼
亲疼每个日子做个温暖的人
人在旅途会有坎坎坷坷并不可怕
怕只怕忘了来自哪里变得自我沉沦

沉沦是坚强的暂时叛逆
逆向思维常常带来柳暗花明
明明你在意着心里的那一份牵挂
牵挂一个地方一个人那便是男人树

50　真心待时光

我们都知道岁月无法倒流
遗憾的错过的时光你有没有
是不是也曾经以为希望便是计划
在一个新年轮开始前会规划很多想法

我们都明白心动不如行动
只有前行才会让人修炼从容
岁月是年轮转动时光对谁都平等
想得再好说得再多不如你做事的认真

谁不希望拥有梦想不断实现着的快乐
时光却只见证付出不会跟你胡扯
风的柔阳光的暖轻抚着心境
梦想看好行动这才是规则

谁不愿意日子过成诗诗能陪你到远方
我却感受勤劳是平凡的持久力量
还是相信种瓜得瓜种豆得豆
真心待时光岁月待你温柔

51 这世界待我不薄

这世界待我不薄
不薄是时常感受生活美好
美好感受里记得艰辛岁月的梦想
梦想实现了教我的内心莫迷失方向

向善是一种难改
改了就不是你就没了情怀
情怀来自生命的感悟生活的沉淀
沉淀是人生自我过滤更是修正无言

无言中静静反思
反思哪些事未能客观认知
认知自己的渺小理解生命的脆弱
弱弱地说一句你可忘了本来的样子

样子其实不重要
重要是别太把自己看高
高兴地做好人生中每件看似小事
事业可是多一点感受这世界的晴好

52 梦想总是要有的

生命没有三六九等
生存的需要却会细分
清苦日子的梦想是温饱
温饱后想活得更有品质过得更好

头一次出门会担心
走过艰辛不再怕艰辛
习惯了前行是生命方向
慢慢懂脚踏实地做人最靠近希望

生活不能只玩沧桑
有希望日子才有希望
人们说梦想总是要有的
我说有梦想有努力生命才会快乐

梦想钟爱勤奋的人
更惠顾点滴做好的人
这社会不缺说大话的人
会享福能吃苦算不算有情怀的人

53 智能手机

什么时候起你把世界装到了兜里
什么时候开始人们把眼界放在手里
什么时候起街头的报亭变得越来越少
什么时候开始地铁里已不再人手一份报

谁能够想到智能手机改变了世界
谁会想到有一部手机就可周游世界
无论你是否传统最终都融进这个界面
不论到哪个城市都能为您导航方方面面

从微博到微信从公众号再到抖音
每个人有了麦克风人人在分享资讯
好玩好看的有用有意思的就转发给你
移动优先进化人际关系还优化国家治理

有智能手机的人们很少再翻报纸
但并不等于大家就不关心国家大事
温暖的故事世间的美好会传播得更快
惩恶扬善激浊扬清的意见表达会更抒怀

出差或旅行带相机的人越来越少
手机能够为你做的事只有你想不到
背井离乡创业或打工就算很久没回家
点开视频跟父母说说事业的进步多美好

> 乡读
> 手记

　　有手机的你千万别小看智能手机
　　技术的进步会最快反映在你的手里
　　资讯传播都视频化了你说变化快不快
　　5G和AI正改变世界会不会激荡你的情怀

　　孩子这会儿你在哪儿呢想看看你
　　是视频还是拍照片发过来都随便你
　　想美颜就美颜那是你内心自己的魅力
　　开心吧我们每个人的世界组成岁月的美丽

54 对自己负责也是一种燃

人们总说一个人要有责任心
责任心最终要落到责任践行
行动上迟迟不动谈不上担当
担当是责任能力的最好说明

明明对自己说的话都不算数
数不出几件敢做敢当过的事
事业从何说起又怎让人信服
服不服不是嘴上说靠不靠谱

靠谱的人首先会对自己负责
对自己负责才会对社会尽责
尽责是把责任心变责任能力
责任能力需要一生自我砥砺

砥砺前行中修炼自己并不难
难就难在永远保持内心简单
简单是做好自己你说对不对
对自己负责是激荡自己的燃

55 还行

生命的过程边界并不那么泾渭分明
有的人少年老成未必事事都聪明
有的人长不大未必真少一根筋
每个人都一定有自己的活法
自己觉得不错就过得还行

你可能听到过别人的吐槽
其实是追求完美时发点牢骚
没什么大惊小怪没什么大不了
没有过纠结的经历怎么会有欢笑
没有失去和得到怎会变得越来越好

不必强颜欢笑也不必想得那么糟糕
经历了风雨你会找到自己的轨道
懂得人这一生不可以没有梦想
更明白不能活在那虚无缥缈
仰望星空脚踏实地才美妙

有回忆是为了更好地前行
不颓废的人生才可以说还行
经历越多你就越放得下虚荣心
活成自己想要的样子才会真开心
朋友说事业和日子还行那是真的行

56 谁说平淡不可以是一首歌

我们都曾被好听的歌感动
感动的时候是不是容易动容
容许自己错过迷茫过不是罪过
过去的人和事已经教会了你很多

我们曾因为好听的歌落泪
泪湿衣襟时未必全部是伤悲
悲催谁都有过拭干了泪又出发
发现前行才能让下一程生命更美

我们也有过写首歌的悸动
动心后发现自己对音乐不懂
懂了懂了我只能心里更牵挂你
你别怪我远行的心思里咋总有你

我想告诉不会写歌的自己
自己的感受要学会自己整理
理还乱那就想哭就哭想笑就笑
笑了发现你是你自己的歌好不好

谁说平淡不可以是一首歌
歌的旋律叫前行歌词写快乐
快乐的人平淡间也会给人温暖
温暖的心里才有那份对你的炽热

57 地方方

地方方，山高水长
追求梦想，每个人的向往
天蓝蓝，唱着歌的鸟儿尽情地飞翔
这次第，谁眼眸里的景致美成了远方

君莫笑，也别烦恼
这世间，少有无辜的自豪
路漫漫，走过的旅程全是修炼的道
说声谢谢，经坎坷是跟自己过了几招

地方方，你是否愿意一生成一篇美文
天蓝蓝，问问自己是否付出得认真
追求梦想，旅途很难平坦
人生路，坷坷坎坎

未来已来，你可知今天是昨天的未来
君莫笑，那些空谈的应该不叫情怀
路漫漫，珍惜彼此的相携
唯努力，系着情结

地方方，山高水长
追求梦想，每个人的向往
君莫笑，那些空谈的应该不叫情怀
未来已来，你可知今天是昨天的未来

58 缘落缘起

安安静静不远不近
不即不离疑似靠近
日无所思为何总夜有所梦
感念成习惯还是思念无痕

你是否听得见自己的心跳
是否记得梦中相伴无纷扰
似梦似醒无怨无恨
时光悠悠亦梦亦真

自古至今谁唱歌谣
聚散皆今世走一遭
我们相伴经历过风风雨雨
谁留给谁故事都不枉缘聚

缘落缘起缘聚缘散皆是缘
蓦然回首怦然心动已无憾
古调千年时光斗转
记得的故事皆温暖

59 今夜

又到中秋时
多少人心里已在读诗
那一首著名的《水调歌头》
被人们传唱成但愿人长久

总在中秋夜
人们借月饼表达情结
一句千里共婵娟的绝唱
让世间情意暖了千古情殇

月在心上明
攒一程相思魂牵梦萦
一杯红酒谢太长的牵挂
万语千言融在了月夜无话

秋色远古恒
君心非我心可以有恨
恨豪放派咋也情意绵绵
今夜织一阕心声假装琴声

60　心海

昨天走过的经过的已成故事
今天的奋斗在对人生意义注释
所有的新鲜事发生或出现并不奇怪
都是为了我们的心海起承转合少一点空白

艰辛日子捱过了幸福就会来
给平凡的日子定个现实的目标
说到就要做到做就要争取做到最好
明天会更好是因为你懂得一切都不会白来

别说不明白
快乐最是奋斗的应该
仪式感也是一种感觉承载
有一天坐在一起谈未来原来说的都是情怀

流逝着日子
本是生活自己在写诗
幸福时也会落泪因为激动
谁都从青涩走来吃过很多苦才慢慢不懵懂

疼一个人或牵挂着一个地方
念一个人或一个人陪你向远方
心有戚戚焉每天才会是温暖的样子
当有一天谁离开或者不再回来都不用惆怅

「乡读手记

别说不明白面对流逝的日子
面朝大海春暖花开说的是心海
昨天今天明天编织的是生命的组诗
我心里驻留过你心里经过无论谁为谁抒怀

四 乡读手记·淳之情

1 嗨,你在

嗨,你的号码还在,尽管从你离开的那一天起,我告诉自己,那个号码不必再打。

给母亲每天打两个电话,是在母亲晚年十多年里的习惯。母亲每天都会在电话里与我聊聊父亲是不是又喝酒了,或者说说田地里的活儿,有时还会说说村里的新鲜事儿。父亲辞世后,不管母亲是否同意——我坚决给她买了方便接听的老年机,希望随时能找到母亲,随时能拨通那个号码。

母亲用上手机后,从未往外打过一个电话。母亲不识字,只会按两个键,一个是接听键,一个是挂断键。每天早晨,上班路上我都会给老人打个电话。下班回家,也会不自觉地又给她去个电话问问做什么好吃的。过去不习惯更舍不得兜里装值钱东西的母亲,即使到菜地里干活都带着手机。

如今,已接不通电话那端的你,但电话里大声告诉我去邻村仙山街"买了一斤多肉、一块豆腐、几根香蕉,花了二三十块呢"的幸福感,至今还在我的回味里。想象得出,你从一层层裹得紧紧的小布兜里小心翼翼拿出钞票时的幸福又舍不得多花一分钱的神情,还有偶尔买一袋面粉或者一袋米时内心的满足。

你在时,习俗里的每一个节,再贫穷的年代你也会粗粮细做。即使在没有猪肉过年的年景,你也会把一桌饭菜做得香喷喷。每年的清明节,按老家的习惯,你都会蒸了包子(老家话,馒头)、菜包子(韭菜豆腐馅儿)、白米粿,还有用地衣(沙藓)、野葱、豆腐做馅儿的靓梳粿。有的时候也用艾草跟苃打在一起,做成清明粿,绿油油的。做了清明粿,你会让我们送到外婆家。在老家习俗里,清明节是出嫁的女儿给父母送清明粿的时节。我妹妹出嫁后,每年清明也会给母亲送清明粿去。年少时的清明节,是一个让孩子期待的节日,孩子们期待的是清明粿特有的清香。

你在时,很多次跟我回忆起父亲的往事。吵了一辈子的你们,却是难解难分。你曾说起,在贫穷的年代,喜欢给人剃头的父亲认为自己是有技术的,只是工具不行。父亲想有把"洋剪"(老家话,推子),希望有了像样的工具后可以给人剃得更好,也可挣点钱贴补家用。你却舍不得给父亲买,尽管只需要两三块钱。因此,父亲也从未靠剃头挣过一分钱。剃头,完全是父亲干农活之余的爱好。我也记得，年少时多么不情愿让只会剃汤瓶盖头型的父亲剃头。你还多次提起父亲过年时放鞭炮的情景。我至今记得，父亲晚年走路蹒跚，但依旧有浓浓的鞭炮情结。点燃鞭炮那一瞬间，神情坚定，动作变得麻利，忘掉了自己的年龄，一种岁月的升华、年的快乐，写在脸上。我们一起回忆，做石磅是父亲一生中最自豪的事情。电话里，父亲不再是你吵不完却离不开的对手，而是虽平凡却是一辈子为这个家尽心、为这个家付出、期望家里能过上不借钱日子的顶梁柱。

嗨，你在。明知两年半前的10月2日，那天上午的10:20，你去了不再有病痛折磨的地方。那一刻，木然的我知道我们的机缘已尽，任凭妹妹嚎啕大哭，也唤不回你睁开眼睛再看我们一眼。那一刻起，告诉自己，你放下我们的同时，我们的生命里也已放下了你。可两年半来，你的声音、你的笑容却是异常地清晰，不止是在梦里。清晰到我几次回到老家，都不忍，也不敢踏进那幢熟悉到每个角落都有你的气息、你的影子的老房子——你和父亲白手起家盖的泥墙屋。

你在时，我跟你学过父亲喝酒的样子。父亲右手端酒喝时，食指习惯性抠在碗里边，每喝一口,酒要在嘴里停留刹那,然后使劲抿嘴慢动作往下咽,有时还会不自觉地先深呼吸然后轻轻往外"哈"一下,那动作应该是边喝边回味。你说我记得真清楚。其实,何止是清楚,不喜欢喝酒的我,偶尔喝酒时也会像父亲那样,拿了大碗倒上啤酒,食指抠在碗沿里边,端起来喝上一大口,再慢慢地往外"哈"一下……

你在。上班路上,还是会不自觉地想起给你打电话。每每在家吃了小时候喜欢吃的炒面、菜粿、韭菜豆腐馅儿的包子,还有从前过年时才可能吃得上的油豆腐、笋干、白豆腐、萝卜、五花肉放进辣酱炖的大砂锅(熟的时候再撒点青蒜叶),总会想起你在老家火炉上炖的汤瓶菜。

你在。天气冷时当我穿得暖暖和和,或者盖着暖暖和和的被子时,总是会想起你收到我们寄去的软软乎乎的被子时电话里的开心。每每穿上冬天里的靴子时,总会想起你穿着暖暖和和的小棉皮鞋时电话里流露的那份幸福。

你在。不然,进了超市,看到琳琅满目的点心时,总是想,你在,一定给你买好多好多,让你放着慢慢吃,即使看着,你也会感觉"得过(老家话,味道、享受的意思)"。

你在。不然,清明将至,我咋想的是清明粿的美好,少的是那份"清明时节雨纷纷,路上行人欲断魂"的感伤。纵使泪落,也更多是感念你在时做清明粿的情景。

嗨,母亲,你在。你从未说过,我们只是缘在此生——没有来世。纵使有下辈子,也不想你再做我的母亲,我也不想再做你的儿子。此生缘里,都未能更好地把你亲疼、未能更好地理解你的艰辛,何以去承诺并不存在的来世。

母亲,你在。不是放不下你,是你一直在我的血脉里。无论秋冬春夏,都觉得你以另一种方式活在我的生命里。总是记起,你在病重的日子里对无助的我们说:"你们以后要少生病,你们要健健康康的……"

嗨,母亲,你在。

(2015.4.1)

2 感动，是心缘

四月的小长假，没有回去，但意外收到好友从舟山快递来的清明粿。虽未回老家，但妹妹香兰从千岛湖快递来了小菜（野葱）。

照舟山朋友说的做法，煎了清明粿，用红糖水浇上，特殊的味道里更加感念母亲做的清明粿的味道。按千岛湖习俗融合北京做法，白豆腐、鸡蛋、肉丁与小菜做馅儿，家里烙了盒子，在北京从没有吃过的家乡风味。

千里迢迢，一份是朋友寄来的清明粿，一份是妹妹快递来的清明节在地里挖的野葱。一份是友情的暖流，一份是亲情的牵挂，父亲母亲不在的清明，却让我收获了满满的感动。

感动，是简单的真诚。心有感动，世间的美好就会长相守，人生的美丽才会总相拥。清明时分，因为不能回去给父亲母亲扫墓，我把沉淀于心的真切，写成平淡如水的小博文——《嗨，你在》。依旧文字平实无华，却收到了太多相识和不曾相识的朋友的包涵、抬爱和鼓励。

——"读您的文章，读到自己的心。谢谢

您。"一位不曾相识的朋友留言。

——"对于我来说字里行间满满的都是真情流露,你的这份亲情直接影响了我,真心谢谢!我改变了很多!"

"其实,看着看着,不是被文笔感动,而是被这浓浓的亲情、孝心感动!一直感动着,一直也检讨着自己。"

"受你影响蛮大的,字字句句都是真情流露……你妈妈在世时,每次看到我带着女儿回家,都会拿些好吃的来逗孩子!我一想起来,老人慈祥的面孔就浮现在眼前。"

一位在我心里已经模糊了记忆,比我小很多的同村邻居孩子这么微信我。

——"一直关注王老师的文章,他的文字朴实无华,却总是牵扯心中最柔弱的地方,愿清明节不总是悲伤。"大型医院一教授这么转评。

——"非常喜欢您的文章,真挚感人。"未曾谋面的一朋友这么鼓励。

——"每每拜读王兄的文章,总会撞击到我的内心深处,令我思绪万千。"一位博友这么留言。

——"有一种爱让我们震撼,有一种爱让我们流泪,有一种爱让我们成长,有一种爱让我们懂得珍惜、学会坚强……这就是源于血脉亲情、世间最伟大的母爱与父爱。拜读学武兄博文,感动如斯,珍惜倍加……"曾专程陪我到千岛湖看望母亲的朋友,看了《嗨,你在》后,在微信朋友圈真挚博评。

——"读此文章时,我的心被深深感动。我和学武兄长相识多年,近年来因工作的缘故见面很少。虽少见面但始终能感受到他对朋友的真诚。记得90年代我与他相识,他热情地把我请到家里喝酒吃饭。那时的条件远未能与今天相比,但每次在他家中吃饭聚会的记忆却比在五星级的饭店吃记忆更深。近几年,也许是年龄的原因,我常常回忆过去的岁月:炒上几个小菜,坐在床沿上(那时住房远没有今天的宽敞)喝着啤酒,谈着美好的未来。那种美好的感觉在今天的日子里很少再体会到……此文是学武兄长纪念已去世母亲的博文,读后令我感动,愿她在天国开心!"一位数年未能见面但重逢在微信的朋友,在朋友圈感怀。

——"看了好感动,那种对母亲深深的思念之情触动内心最柔软的地方。"

——"每个人心底都有对母亲的那份浓得化不开的情愫。"

——"推荐淳中王学武校友的亲情博客，可以触摸的感动！"

——"以为时间很长，其实相伴很短。"

——"叔叔细腻朴实的文字总是可以如春风化雨般打动人心，不在亲旁，思念愈浓。"

——"一直觉得幸运，至亲都仍健在。近两年渐渐意识到这也意味着离别的一天总会到来，心里有了隐忧……然而看了王老师的文章，忽然觉得释然，离别了，抑或是另一种陪伴吧！"

——"清明思亲更断肠，学武兄素以善表慈恩而常触动我辈，每读之不禁潸然泪下，分享以勿忘亲恩！"

——"浓浓的亲情融在了朴实的话语中，让人感受亲情和亲疼！"

——"王老师的这篇亲情文章让我立马联想到《我是歌手》舞台上谭维维演唱的《乌兰巴托的夜》里面的那句"嗨，你在吗"，两者都勾起我最柔软的柔情和依恋。文能叙情，曲通人意。"

——"身为儿女，年轻时常对父母不以为然。读王主任文章，感动之余不禁自责。愿天下父母皆幸福健康。"

——"清明，一个特殊的渡口；清明，一个

沾染着思念的节气。在这草长莺飞、百花吐艳的季节，读学武兄朴实无华的博文，不禁触动了我，让人潸然泪下，感慨万千……"

——"读了博文，没有一个思念或想念父母的字眼，也未出现一句父爱母爱的话，却看得双亲健在的我潸然泪下。《嗨，你在》，让我深深感悟到唯有倍加珍惜父母健在的当下每一天……"

——"读到'如今，已接不通电话那端的你'，让人酸楚几乎不能自已，不由感慨每一份对母亲的细腻入微的亲疼真的不能等。学武兄的文字总是能够打动人们心底那份最深的柔软……"

——"又读到王老师的文字了。一个给去世的母亲打电话的人，无数打给去世的母亲的电话。朴实的文字，书写最深厚的感情。"

……

读着太多这样的文字、这样的博评，内心无法不柔软，无法不感动。

感动，是细微的体悟，更是生活中的常情。感动，是心缘，更是心灵的温润。感动，是心地的交互，又是来自真情的信任传递。感动，是向善的情愫传导，又是相知的暖流涌动。

（2015.4.3）

3 细微之间

无论如今的鸡蛋变得多么寻常，日子多么久远，荷包蛋情结却总是萦绕在心头。不只是因为很多年前，鸡蛋在老家几乎等同于硬通货，可以去换盐，可以兑换成钱去交学费，也因为难得去亲戚家做客时，红糖醪糟煮荷包蛋可是最珍贵的待客礼节。如果亲戚家的条件稍好，去做客的只有一个人时，会有煮3个或5个荷包蛋的礼遇。但你吃的时候，不可一股脑儿全吃了，懂事的小孩一般只会象征性地吃一个两个。假装吃不完，其实是不好意思，留几个给亲戚家的孩子或大人吃，一是领情并感谢热情招待，一是看到金贵如钱的荷包蛋，你舍不得吃，也不应该自己都吃了。亲戚，会因此夸你懂事。那样一种细微的心理，至今想起来都是无需言语的温软。

细微之间，是美好。前些日子家里装修，一天晚上五点，瓦工师傅洗手收工，用我递他的毛巾擦了手，换下干活的裤子，从塑料袋里掏出手掌大小的镜子，认真照着脸上是否有干活沾上的尘粒，用手使劲搓了几下脸后，又拿出小梳子，对着镜子

淳之情

左两下右三下梳着三七开的头发，立马精神。那一刻，师傅细微而熟练的捯饬里，你无法不感觉生活里细微的美好。我想起博文里写过的话："再辛苦的日子也有快乐，再简单的生活也有刺激。""每个人都可以以自己的方式营造生活、享受快乐。快乐和幸福，与贫穷或富有，并不一定成正比。"

细微之间，是难忘。在老家时，我和同年伙伴常去一座叫米拉坞的远山砍柴，往返要走两个多小时的路，小小年纪挑着一百来斤柴担从山上回来路过郑家村时，时常饿得走不动，一位我至今不知道真名的五保户老人——"遂安侬"（母亲说是我奶奶的亲戚），经常烘好了苞芦粿或在火炉里煨好了番薯等着我们。就着腌菜或者辣酱，吃二三个热乎乎的苞芦粿，或吃一个香喷喷的煨番薯，再从缸里舀一瓢清凉的泉水，咕嘟咕嘟痛饮几口，回肠荡气的我又有力气挑着柴担往家走了，心里总有着"砍柴路上有亲戚"的幸福。

细微之间，是亲情。女儿三岁半时，第一次带她回老家——千岛湖小山村安川，从小就不习惯别人抱的女儿第一眼见到我母亲，就老远边叫奶奶边跑到早已候在村头的我母亲的怀里。那一刻我开始理解，不管语言是否相通，也不管彼此是不是第一次相见，血脉之缘是生命里最奇特的东西。

细微之间，是平淡如水。亲情无华，但牵挂却总是温暖我们的心怀。前几天早晨，碰到年轻同事。"看到你书里写的上班路上和下班路上，每天都给父母打两个电话，听了都让人感动。"小同事说，"现在每天晚上我都给父母打电话，要是哪天他们没接到电话，第二天准会问，是不是太忙，是不是病了？"这样的时刻，你无法不感受到，细微之间是亲情的相通，而这样的故事，在相识或不曾相识的看过《孝亲三部曲》的朋友身上，发生得太多。

细微之间，是心性。母亲辞世已经两年，但母亲重病，在我们守护她时说的"学武唉，别离得太近，我还没有刷牙……"想起心里就隐隐作痛。母亲不识字，但一生聪慧，一生爱整洁。重病住院期间，二十多天滴食未进，但只要意识清醒，就坚持让我妹妹香兰用口腔护理棒蘸水给她漱口。母亲离世后，妹妹整理母亲的遗物时，把母亲除了看病和零用剩下的五千元钱交给我。"你留着吧！"我对妹妹说。"不行，这是姆生前交待的，我哪能留下呢。"香兰执意不肯，其实妹妹若不说，没人知道舍不得吃舍不得用的母亲，会把平时抠着自己的钱放在妹妹那儿。"虽也是平时你寄来的钱,姆攒下来是给惠惠的一点意思。"惠惠是女儿小时候不是小名的小名,母亲土话里叫她wèiwèi。妹妹说:"wèiwèi大学都快毕业了,姆总说没带过她,有点对不住。"妹妹还未说完,泪水已模糊我的双眼。

　　细微之间,是珍重。我叫了一辈子姆的母亲,不仅连一次拥抱的记忆都没有,除了跟着母亲上山干活被照顾,我连母亲的手都未拉过。而当我不打招呼突然回家,出现在她面前时,惊喜的母亲总是习惯地拿一个大碗,舀一碗泉水烧的凉茶给我,而我总是像年少时干活渴了,牛喝水般一饮而尽,再像小时候一样用衣袖抹一下嘴。母亲马上会忙着又到菜园里去摘菜……对母亲的记忆,都是驻留在我生命里的细微的事。"我死不怕,怕痛——这个病痛得吃不消。"母亲重病时病房里说的话,时时提醒着我要珍重生命,珍惜健康的每一天。

　　细微之间,是感动。时常想起作家朋友杨筱艳感念外婆的文字里写下的这样一句话:"为了外婆,我要做个迷信的人,相信天堂与轮回。"好友艾素记述陪伴父亲的细节,感动着读者:

　　　　回到病房,妹妹正在很吃力地给爸爸清理尿不湿上的粪便,见我进来,爸爸脸上露出难为情的样子。我走到爸爸身边附身对他说："爸爸,我和妹妹给你把屎把尿,你配合一下哈。"说完,我脱下鞋子站在爸爸床上,一只脚跨过爸爸身体,用双手小心地将爸爸的双腿抬起来,妹妹则配合我,将粪便清理干净,用清水给爸爸洗净下体。我们配合得非常默契,这样的动作,我们每天要做数十次。也就是从那天起直到爸爸病故,我在陪爸爸的短短42天中,学会了面对死亡。

细微之间,是仁心。一位做医生的好友这么记录手术室的经历:

> 有的患者病变复杂,检查和治疗时间都比较长,医生会在恰当的时候问患者:"是不是想小便?""您怎么知道?"患者说。我的学生也觉得老师神。其实不是神,只是用心了就能知道。手术中,患者一般不敢打扰医生,有尿也憋着。但是,只要你有心,用眼就能发觉,手术过程中患者情况没出现别的异常,但血压却逐渐上升,就可能是尿憋得难受的缘故。时常是在我询问下,护士拿来尿壶,患者排了小便,血压也不再高了,手术更顺利地进行。

细微之间,是惭愧。前不久的一天,突然收到年近八旬的高中班主任唐老师的短信:"小王,我特别想看到你的《孝亲三部曲》……"原以为老师年岁大了看书费眼睛,就不便打扰,未曾想老师心里惦记着学生,从其他地方知道了我写亲情的文集出版的消息。读着短信,脸上发烫的我赶紧给老师快递了书,又给已退休多年的初中班主任徐老师快递了一套……

人的一生,绝大部分时间都活在细微里。无数的细微瞬间,构成了人生或动或静的画面,也正是生活里的细细微微,或简单或绚丽地带给生命一个又一个美好的片段,纵使有感伤,沉淀后也是人生的财富、人生的美丽。而丰富,是因为有了细微才有了载体。

细微之间,是美好,是难忘,是亲情。细微之间,是珍重,是感动,是仁心。细微之间,是向善,是简单,是惭愧。细微之间,是信守,是心性,是平凡……

细微之间,更是感恩,唯有知恩感恩才能使细微之间承载的平凡和简单,成为我们寻常人每天触得着的文化、感受得到的生命之美。

(2014.11.3)

4 父亲"结"

总能读到把父亲比作"大山"的亲情描述——无论是经济支撑还是精神支柱,父亲常常是每个家庭的顶梁柱。而我的父亲,晚年因为身体虚弱,已经不常下地干活。离世前的几年,田里地里、家里家外,都是母亲辛劳操持。总是看到用"伟岸"来形容父亲的身躯,而我的父亲却是步履蹒跚,佝偻着身体度过了晚年。

父亲离开已整整五年,但我一直不敢在父亲节的时刻回忆父亲。父亲并不知道世上有个父亲节,但老人却是在父亲节的头一天离开了我们。从未拥抱过父亲的我,在父亲节那一天,抱着父亲遗像为父亲送行……

五年前父亲节的头一天,我赶回老家,父亲已经静静躺在临时搭起的硬木板上,任凭我怎么呼唤,也不再睁开眼睛。任由做儿子的我第一次跟他说"对不起",也毫无回应。那一刻我很想很想告诉父亲,你传给我什么不好,为何要把倔强的基因遗传给我,以致在你生命的最后两个月,因为性格太相近,我们彼此未能说上此生的最后一句话——

纵使比什么时候我都更牵挂你。

很多年里，都以为自己理解父亲，理解父亲内心太多的情结。每每看到用石头砌成的石墙、石阶，都会想起做石磅是父亲一生的自豪和从容。夏天看到草鞋状的凉鞋，无意间都会想起父亲做草鞋的情形。看到别人扫地时，会不自觉地想起父亲用竹丝绑笤帚的自我沉醉。而我去理发店理发时，总会不自觉地想起从前买不起推子的父亲，喜欢用剪刀义务给人理发。晚年步履蹒跚的父亲，放鞭炮依旧是他最开心的事。不成曲调地拉胡琴，是父亲晚年的消遣。喝酒，是父亲一生的精神寄托。

因为在意父亲的喜好，我参加工作后家里经济条件好转，总是愿意父亲随时有酒喝。回家过年，总会买很多鞭炮让父亲过瘾，而父亲依旧喜欢放两头响的火炮，后来也喜欢点老长老长的百子炮。父亲喜欢一次次重复着说以前在县城排岭做石磅的故事，我也会在亲戚来串门时，假装自然地提及一个话题，父亲将计就计地美滋滋地跟友亲们说起内心的"辉煌"。

甘于孤独的父亲，其实很喜欢热闹，尤其喜欢邻居、亲戚围坐在八仙桌或火炉旁，听着有点酒意的他讲着"我是身体不好，要是身体好些，会有很多人请我去做塝，请我去填屋基"。前年回家，同学一成还特意陪我找到了父亲当年做过的"梅花塝"。

也曾以为，父亲的晚年是幸福的，因为四个孩子都以不同的方式关心着他。我曾劝父亲到北京来住一段时间，怕坐长途晕车的父亲却是死活不肯来，有两次已经买好了卧铺，依旧未能成行。现在想起来，父亲是不愿意放弃在山村生活的一份自在，更不愿意给儿子添麻烦。很后悔，这么多年父亲没来过北京，没带他到天安门去看一看。不知道父亲内心会不会责怪我。

父亲的晚年，喜欢到邻村仙山街去买馄饨吃，有时候也会享受让人给他理发的惬意，但总是要折腾母亲，常常让做过腰椎手术、腿脚不太灵便、晚年却无师自通学会骑三轮的母亲带着他去。父亲和母亲吵了一辈子，但母亲在生活上尽心照顾父亲。

在父亲晚年的十多年里，我每天都会给家里打两次电话，更多的内容都是关心父亲的身体和父亲的心情。父亲喝酒后也会抢着接电话，借着酒劲跟我说说村里的新鲜事。没想到的是，喜欢喝酒的父亲在生命的最后几个月有些酗酒，喝完酒后多次找茬跟母亲吵架,烦躁时还把母亲做的饭倒掉,母亲被折腾得生病。听母亲说了后,我有些不高兴,电话里狠狠说了父亲,并假装生气,两个多月不跟他说话,但每天都通过母亲和妹妹关心他是否起床,吃什么饭了,今天身体怎么样了,嘱咐他们更关心父亲。母亲不在家时,我还专门托邻居去看父亲。

父亲多年身体不好,我们内心一直很牵挂老人的头疼脑热,但并未理解父亲最后那段日子里的"滋事",是控制不了自己。那两个月,我故意不理父亲,一直到他离世,都未能说上一句话,这是我此生的后悔。

未见上父亲最后一面,是我心里的结。妹妹告诉我,父亲弥留之际,昏迷中几次醒来说"我可能等不到学武回来了"。父亲去世时浑身出虚汗,全身湿透,喘着粗气,那双拉着母亲和我妹妹的手,从使劲攥着到猛然间放松。我的内心既纠结又有点近乎残酷的庆幸——没在父亲床前见到父亲咽最后一口气,也就看不到父亲难受的样子。不忍经历父亲离去时生离死别的无奈,一如母亲离开人世时最后一刹那,我同样不愿看见那一刻情感的苍白。父亲母亲生命终止时,活着的我们只能从心里把老人放下。

因为性格的相像，不善言辞的父亲健在时与我的沟通并不多。父亲离去后，我写的有数的文字，并没能把父亲一生的艰辛真正记录下来。《父亲，一生最倔是担当》，只是记录父亲性格的几个片断。《父亲的胡琴》《父亲的剃头情结》《塝师傅老王》《父亲的鞭炮情结》《天堂的父亲，是否每天还喝点小酒》，记述的是父亲内心的情结，而在《如果你还在》《别样的父亲节》的文字中，我试图能平静记录血脉关系对生命的提示。但再多的文字，都未能更敬畏父亲内心的情结，未能更深切审视父亲留在我心里的"结"。

如果，对父亲的关心，能多一点点坚持，多一点点耐心，多一点点体谅，父亲内心的情结一定会更温暖我们的心，父亲内心的纠结一定会因孩子们的更关心而温软地化开。而我或许会发现，山一样坚强的父亲与性格相近的我，所有的心结，都会因为血脉相通、心性相知，而温暖彼此的生命。

倔强的父亲，其实心很软。儿子的情，父亲的"结"，有时是因为那份浓得化不开的血脉之情，少了一点表达的婉转，多了一份面子上的不相让。

淳之情

父亲"结",似父亲双手厚厚的老茧,坚硬无言。父亲"结",又如父亲晚年佝偻的身体,蹒跚中充满信念的力量,守护儿女的一生。

（2015.6.21）

5 放下我们的日子,不是母亲的忌日

从没有把三年前的今天,母亲离开的日子,当做忌日。

放下我们,母亲是去了不再有疼痛的地方。从住院,到确诊患胰腺癌晚期,到辞世,整整两个月,母亲承受着巨痛的折磨,不得不依赖镇痛药,再到后来镇痛药也不管用。如同疼痛缓解时母亲几次说:"我死不怕,怕痛,这个病痛得吃不消。"以致我曾靠近母亲耳边轻轻地说:"你疼痛难忍时,我都愿意你早点离开。"

"要插管吗?"那天上午,昏迷的母亲眼睛耷拉下来,彻底没有了精神,但嘴里、鼻子里忽然往外喷水,医生急问。我和弟弟同时摇了摇头,做什么都只会让临走的母亲多受罪。什么也做不了的我,只过去拥抱了妹妹,脑袋一片空白地走出了病房。

走吧,走了就不再疼痛。狭小的病房留给了医护人员,十二分钟后,病房外,我听见医生清晰地喊出了母亲离去的时间:10:20。我并没有看见母亲离去时最后的瞬间,严格来说,并没有经历与母

亲生离死别,但那一刻,我确切意识到,母亲放下了我们,我们也放下了母亲。此生缘已尽,但还来不及去想,我的生命自此已开始了太多的不同。

依旧是上班路上,十多年来习惯了每天早晨打给母亲的电话,慢慢地变成了打给妹妹。很长一段时间,我们一起回忆母亲的点点滴滴,有时也一起开心聊到父母在世时有趣的事,再后来变成了另一种习惯,习惯了每天对妹妹的牵挂。

习惯了过节问候母亲的我,现在无论哪个节日,都会给妹妹、弟弟或哥哥打电话。尽管兄妹中排行老二的我不能时常回去,却很希望彼此离得并不远的他们能时常相聚,而妹妹也时常报告,哪天哥哥去看了她,哪天弟弟给她送了什么吃的。

没有了母亲,过年过节更多是心里的美好回味,但母亲离开后的两年过年,没给我寄过东西的哥哥快递来了小时候我爱吃的米花糖,弟弟也寄来了老家的笋干。前些日子,妹妹还托人捎来了番芋管(番薯藤)。

依然是未打招呼地回过几次那个熟悉到不能再熟悉的家,却已见不到母亲的惊喜,喝不到母亲递给我的大白碗舀的泉水煮的冷茶。每次回去,打开熟悉的门,走进熟悉的每间屋,我却不敢多待,宁愿很快锁上门后,坐在门边望着母亲的菜园静静待一会儿。

母亲一辈子不识字,晚年却无师自通学会了骑三轮车,不仅蹬三轮带着东西去地里干活,身体不好的父亲还时常喊着让母亲拉着他去剃头。我没想到,瘦小的母亲骑的是那么一个大三轮。有一次回老家过年,母亲还驮着我们到邻村仙山街去买东西。在北京,每每看到别人骑三轮,我总会陡生亲切,有时会悄悄地假装没事地用手摸摸。

曾开心地从北京背着电脑回老家,让不识字的母亲听电台朋友专门朗诵我写的文字《母亲,苦乐乾坤》,母亲听后自言自语地说了一句:"那么小的事你都记得啊!"分明看见母亲的眼里泛着泪花,而母亲却假装揉着眼睛。

我是在父亲去世后开始写亲情文字的,尽管都是家长里短的平淡记录,却得到太多的朋友包涵和鼓励,但我最怕朋友提及"孝顺"这个词,每每好友夸有孝心时,我都深感惭愧。但是,因为亲情相通,好几位朋友曾专程陪我到那个小山村看我母亲。在母亲的笑容里,我能感觉老人内心的幸福。

一直没觉得母亲离开的那天是忌日,而是感觉母亲以另一种方式活在了我们的生命里。因

淳之情

为母亲病重日子里的陪伴，让我领悟生命的脆弱和健康活着的珍贵，让我理解，亲情其实就是感受亲人在彼此心里的位置的温暖。感激《中国之声》姚科老师专门为我母亲朗诵了博文，让母亲在病房里听到了因她而写的文字。感恩北大出版社在我母亲活着的时候，赶制了我的第一部亲情文字《亲疼》的样书，让不识字的母亲实现了"我也想摸摸书"的愿望。

我不知道母亲是不是凭着意志力选择长假里离开我们。一辈子都在山村生活的母亲，却对子女上班的"单位"很是敬重。我偶尔提到单位时，母亲总是静静听着，那神情里，透出供我们读书毕业有了单位的自豪。我告诉重病的母亲，是用年休假和很多年都没用过的探亲假来陪她时，母亲说："怎么会有这么长的假啊？""学武得回去上班，不然单位都不要他了。"虚弱的母亲甚是担忧地对我妹妹香兰说。

感念不识字的母亲，不仅给了我们生命和一生的付出，更带给了我此生宝贵的财富——让无华的亲情沉淀出文字。感激母亲遗传给我的平实基因，让如今已是好木匠好瓦匠的年少时的伙伴，看了我的《孝亲三部曲》（《亲疼》《亲缘》《亲享》）

后，觉得就是过去生活的再现。"一式一样，就是老早的事情。"不少邻里打电话告诉我："算用的嘎（老家话真好、不错的意思）。"

我在母亲离开一周年写的《下辈子，不想你再做我的母亲》里有这样一段文字："母亲真的放下了我们，所有的温馨在记忆深处的滴滴点点，只是时时的感念。已不再收到母亲每年寄给我们的腌辣酱的酱豆，不再能十多年如一日地每天给她打两个电话，不再每年过年前张罗着给她和父亲买什么样的衣服、买什么样的软和的鞋寄去，我们已永远没有机会隔一段时间就想着给父亲母亲寄生活费……"

母亲辞世一周年的此刻，想对远方的母亲说："下辈子不想你再做我的母亲，不想你再因我们而辛苦，不想再有你承受疼痛折磨而我们无助地纠结。下辈子我们不再做母子，因为没有下辈子。"

在母亲离开两周年时的文字《不约而同》中，曾经这么记录内心的真切："亲情无华，孝顺并无来世。所谓孝道和孝顺，只是父母活着时的一段亲缘，并无前世，也无下辈子。因血脉而来的亲疼，只是今生的机缘。感念逝去的亲人，更多是清新我们的灵魂。缘在今生的亲疼、亲缘、亲享，我们分外珍惜。"

母亲离开三周年的今天，我和哥哥、妹妹、弟弟并未相约，也没让妹妹在母亲坟前告诉母亲，不能去看她，我知母亲未必能听到。三年前的10月2日，母亲放下我们的日子，不是母亲的忌日，或许是去了另外一个地方重生，或许就是母亲的生命和缘分一起结束，而我们只是不再有被母亲亲疼的新生命的启程。

不是忌日，但也不再有母亲的牵挂，可我想告诉听不到的母亲，从未说过想字的我，其实心里很想她。

想告诉母亲，我们很好，虽然跟从前有太多的不一样。想对自己说，习惯了不再牵挂和被牵挂的日子，我们依旧向着幸福前行……

（2015.10.2）

6 最是相近在寻常

未曾交往，但十年了还有你的号码，是一份珍惜，一份尊重。极少相逢，二十年了，还存留你的信息，是一份在意，一份牵挂。

"学武，是我""王老师，是我"，昨晚重新设置微信功能，刚捆绑了手机号，就有好几条微信蹦出来，让确认添加新朋友。因是昵称，第一眼看到时不知是谁，添加前我很客气地问："抱歉，不知是哪位？"当确认是多年前的同事，或相识一二十年的朋友时，很是不好意思。

一直认为，人的一生确有能一辈子交往的朋友，但因为生活的迁变、工作的迁徙、岁月的迁移，更多是阶段性的交往，有时甚至因为换了个新的手机，再也没有了曾经的号码。这是常态，也是太多人相近的经历，能够一二十年甚至更长时间留存在你生命里的号码并不太多。

然而，四年前开始写亲情文字，2012年出版《亲疼》、两年前出版《孝亲三部曲》（《亲疼》《亲缘》《亲享》）以来，时常地被一种虽寻常却是相通、虽无华却是相近的情愫温暖着，有不少多年未联系的友亲、同学,甚至不记得什么时候曾经相逢或相谈过的朋友,在我的博客留言。有的老家同村的父辈因为视力不好,有的年长于我的邻居因为不太熟悉在手机上打字,专门打电话跟我说,看到《孝亲三部曲》后,想起大家当年日子的艰辛,今天的生活真是太幸福了。

就在上个周末,我还意外地接到了同村更香老师的电话。微信里,我记录了那天的电话聊天:"我们到安川来了,重阳节快到了,学校里退休老师每年要开会,我们就回村里了。"

更香做过多年小学民办教师,因为书教得好,后来转为公办教师。更香在我心里既是长辈,又是有文化的邻家大姐,虽然当老师,但地里的农活没有不会干的,我们都直呼她的名字——更香。只要回去过年,我都会去她家坐坐。她和厚道的丈夫,总希望我们在他们家吃顿饭,而我总是不想太麻烦他们。

更香老师的女儿在县城工作,儿子好像在杭州,所以退休后多半时间都不在村里,要么帮女儿带孩子,要么帮儿子管家。但每次回老家见到她时,她总会提及从前去县城开会时,我母亲托她给读高中的我,带一菜筒炒菜管的情形。"当时好苦啊。"更香老师说。而事实上,每每村里人给我捎菜去时，我的内心都很幸福。

更香老师从未教过我，但我带孩子回家过年时，她总会送给我女儿作业本和铅笔。那时候，还读小学的女儿总是很开心。

"我眼睛不好，不会发短信。"更香老师说。今年夏天她来过北京，因为身体不好，又不习惯北京天气的干燥，所以当时就没告诉我。

"好久没联系了，打个电话想听听你的声音。"更香老师在电话那头这么说时，我的心里酸酸的，心里忽然想起自己的母亲。

更香告诉我，我寄给她的书，给了哪个哪个老师看，而哪个老师看了说"上好嘎（不错）"。而我很是惭愧，因为是在《孝亲三部曲》出版一年多后，更香老师听到她的同学提及后，给我打了电话，我才寄给她。

祝福更香老师。又近重阳，忽然很想安川，那个小溪流过的小山村。感念小山村的人和事，感念照顾过我母亲的村里乡亲。

……

这是10月17日下午5点我在朋友圈发的微信，发出刚一会儿，就收到了博友郁俭（衢州律师）的评论："王老师的文章朴实无华，字里行间却透出浓浓的乡情,给在嘈杂浮澡生活中的我们带来宁静。"在杭州的好友美仙回复:"乡里乡亲乡情浓!一句'想听听你的声音'暖暖地直让人落泪!"我的两位年轻同事则分别留言:"透过平实的文字,浓浓的乡情、亲情汩汩流出。""人和人之间几十年质朴的情分未断,难得,感动。"而更香老师的女儿王姝两个小时后发微信给我:"看着看着不禁一阵阵的感动!心底的那根弦深深地被触动!真不知道用什么样的文字来表达此刻的心情!谢谢您!让我又有了这种纯真的情怀!也为这样的妈妈一直骄傲着!"

四年多来,我一直被亲情相通的情愫温暖着、感动着,不论自己的文字怎样地平淡,如何地琐碎,总是得到朋友们的包涵和鼓励。

"读学武的这篇文章,犹如和老朋友面对面谈天说地般,我想,这皆因有思想的人能赋予文字穿越年代和事件力量的缘故。我喜欢并愿意流连于这样的文字中,让思绪信马由缰,哪怕就是短暂的一小会儿,也会感到满足。爱文字的人更爱生活和懂人生。"9月28日——中秋第二天,我写了《与节日挥手,不是别了牵挂》的博文后,好友艾素老师在微博如此转评。"长风万里"在微信里评论:

「乡读手记

"作别十五的月亮,挥一挥手,我们再出发。带着母亲的嘱托和对母亲的牵挂,回到城里过生活。就像风筝,无论飞多远,都被母亲的心线牵着;无论飞多高,都眷顾着起飞的地方。"

"读完您的文字于我最大的收获,是想重新回过头去,思考自己与父辈的家庭关系,少些怨怼,多些理解,我开始意识到,很多事,是我做的不够好。若能有您这样的情怀去体谅去包容去感恩,也许会变得不一样……"一位年轻博友,在微信这么回复。

"读好友学武的文字好像成为了我的习惯,于是,转发和点评也成为一种自然而然的动作。善良而有爱的人,内心的温软永远存留在最阳光的地方,不做作,不掩饰,不放弃,于是,爱便无限放大,令人温暖,令人释怀,令人心灵有一种归属。每次看到学武的文字,都会感受一种强大的亲情磁场,于是,在安静中享受。这个温暖的秋天,阳光恰恰好。"艾素在转发《温软,是内心的不纠结》的博文时,微信如此鼓励。

最是相近在寻常。因为亲情相通,平淡的文字,时常被朋友们在微博微信转发。一位做老师的博友给我微信:"告诉你一件事。同学的父亲今年

73岁,2008年得了胃间质瘤,胃全切除,2010年肠梗阻手术,最近肠梗阻又复发,老人每天要从西郊到市中心的浙二配药挂盐水。同学在宁波工作,他居然国庆长假1号来2号回。我今天把你写的《父亲"结"》和你昨天写的文章《放下我们的日子,不是母亲的忌日》发给他,再电话告诉他必须马上看。十分钟后他回复我:'我猛然醒悟,明天回来陪父亲看病。这两篇文章救了我对父母冷漠的心,但愿还来得及。'"

"谢谢,若平淡的文字能触动你同学内心,甚是欣慰。谢谢你。"我回复博友。

第二天,这位老师再次微信:"昨天晚上读了你两篇文章的同学打电话给我说:'以前看到这样的文章根本不会看,总以为离自己很远,男人不必如此多愁善感。这回读后想到父亲肠梗阻十多天,不能吃东西……有恐惧上心头,泪水不停地下来。想到离家28年,我从没为父母做过什么……'他说着说着就哽咽了,说不下去了……"

"学武兄的文章中透露出的是我们每个人都拥有的亲情感。用质朴无华的语言写出了令人流泪的情感。只有经历过这种生死离别的人才能读懂人生。我的母亲也在5年前去世。在病床前静静地看着生我爱我疼我的人悄然离去。没有过度治疗，而是选择平静没有疼痛，在众多亲人身旁安静地离开。很长一段时间我都无法走出失去母亲的事实。'母亲在家就在'这句话，如今我终于理解了。在节日里，愿朋友们多去看看父母，此时，他们的心里早已盼着你到家。"这是在杭州的老家好友徐志清在转发我的博文时满怀深情地写下的感念自己母亲的文字。朋友@北京地主 在微信分享时，这么感慨："孝顺没有来世！惜福惜缘，缘浅缘深，都在此生；福厚福薄，贵在当下。为人子女者，勤打电话沟通，常回家看看，多陪伴父母亲，多为他们做些事情，免得将来后悔了！"

"放下我们，去了不再有疼痛的地方，这是母亲对我们的另一种深爱。你的博文观点鲜明又很实在，值得点赞。"收到高中班主任唐老师（数学老师）点评，仿佛又回到老师给学生批改作业的时光。

感激寻常里的亲情相通，带给我太多的感动。亲情无华，却总是温润着每个寻常的日子，而每个寻常的日子里，相识或未曾相识的朋友因为亲情相通，心灵相近……

（2015.10.23）

7 说不出那个"谢"字

早晨第一个电话,打给妹妹香兰。告诉妹妹,收到了托老乡小万从老家捎来的腌菜管和油豆腐,还有一个塔苞芦粿的木夹子。

腌菜管,可不是北方的咸菜。北京菜场的大白菜、油菜,腌不出菜管的味道。对菜管,我在《孝亲三部曲》之《威坪三宝》一文有过这样的记述:"由青菜和白菜腌制而成的菜管,曾是威坪农家最主打的菜。我家安川跟威坪其他村子一样,菜地适合种青菜,北方人叫油菜。青菜中秆白的叫白菜,跟北方的大白菜质感不同。每年下了霜后,家家户户便从菜地剁了大棵的青菜或白菜,整担整担挑回家洗干净,切成比萝卜丝稍粗的形状,在大锅烧开的水里焯一焯,捞到布袋里,放上一块大石头压个把小时,水压干后,菜管倒在大盆子里搓四五分钟,放进盐和切碎的生蒜,再洒上红辣椒粉,拌匀后,倒进大坛子里,腌上一周或半个月就是地道的菜管了。腌过的菜管,用尖椒炒熟,或者放进砂锅里跟肉炖在一起,特下饭。"

腌菜管,是母亲健在时每年必做的。母亲离

「乡读手记」

世后,在县城打工的妹妹和妹夫要做腌菜管,就不太方便。今年立秋半个月后,妹夫骑着电瓶车回威坪方宅,在自家的菜地种了高杆青菜。下霜后,妹妹、妹夫一起回村把菜剁了,然后洗净,切成菜管,开水焯过,再用大石头压过,按照上面的程序腌上后,带到了县城打工的地方。

一百多斤青菜,腌了菜管,只有一大筒和两小瓶,也就十来斤。腌菜管那天,虽已到下霜时节,但白天温度还不低。妹妹怕菜管酸了,就拿回县城放在冰箱。妹妹给自己留了一小瓶,其余的跟油豆腐一起让老乡带给了我。

电话里告诉妹妹,晚九点到北京南站顺利拿到了腌菜管,可就是说不出那个"谢"字。知道坐公交会吐得一塌糊涂的妹妹,为避免晕车,愣是让妹夫电瓶车驮着她来回四个小时,先去村里给腌了菜管,然后带到县城,再托老乡带到北京。

说不出"谢"字,不独独是这一次。母亲走后,妹妹时常寄一些时令的老家特产,如番薯干,如米花糖,如油豆腐,如粽子叶,抑或腌辣酱用的酱豆。清明时分,还寄过刚挖来的野小葱。初中都未毕业的妹妹,不会因为我没有说过谢谢而不高兴。而没有向妹妹道过谢的我,也从没有觉得妹妹书读得不多就比我文化低。

为父亲母亲，妹妹做的远比做哥哥的我们多得多。母亲离世前的两个月，妹妹放下了一切，不要工资不要奖金，日夜守护在母亲身边。而父亲在世时，也是妹妹在生活上照顾得最多。

跟妹妹说不出"谢"字，却变成了对她每天的牵挂。依旧是上班路上，十多年来习惯了每天早晨打给母亲的电话，慢慢地变成了打给妹妹。家乡的人和事，时常能从妹妹电话的说笑里听到。身在千里之外还能吃到年少时在县城读书或外出搞副业（做民工）时冬天必带的主菜，如今已经改良了可以用五花肉炖或炒的腌菜管，曾经过年才能吃到的油豆腐，其实，不仅是铭刻在血脉里的美味的回放，更承载着对亲情、对妹妹、对曾经的那个时代的生活，说不出的谢意。

（2015.11.25）

8 端午归

到了婚礼现场门口,新郎许侃的父亲见到我时,惊诧得不知说什么,除了叫一声我的名字。随后在婚礼大厅招呼客人的新郎母亲看见了,也半天说不出话。

"以为你来不了,这么远,不方便的。"愣了半天的新郎父亲说。

"没想到你能来,谢谢你,这么远路上太辛苦了。"新郎母亲说。

在北京工作三十年,从没有在端午回过老家,但对端午节的期待,心里一直觉得很美好。每到端午节,总会想起"端午货",一个专属这个节日的词汇。过去很多年里,在我老家千岛湖威坪的习俗里,到了这一天,外婆给出嫁的女儿和外孙子、外孙女,都要送"端午货"。

"端午货",会是外婆蒸的包子(馒头)、菜包子(有馅儿),条件好的还到供销社扯几尺布,让裁缝估摸着给外孙外孙女做一套衣服。端午节头一天,有的家里会做了豆腐,或者煮了鸡蛋,再去剁一块猪肉,一起放到竹篓里,给女儿家背去。

淳之情

小时候,外婆给我们送"端午货"时,我似乎没见过有新剁的肉,更难得见到给我们扯布,但我们还是盼着外婆送"端午货",期盼新做的包子(馒头)的诱人、新蒸的菜包子的清香和灌汤。工作后,我就再也没吃到过外婆的"端午货"。妹妹出嫁有了孩子后,母亲给外孙送"端午货",我也只是从电话里听母亲念叨。

如今,给我们家拿"端午货"的外婆,早已不在。给妹妹家送"端午货"的母亲也已离开我们好几年了。我和妹妹只能电话里说着母亲这些年送"端午货",晚年有时还会给外孙华华一百元零用钱的点滴……

"今天一天你没打电话,我还觉得奇怪呢。"端午节晚上刚到千岛湖突然给妹妹打电话时,妹妹开心地在电话那端说。母亲去世后,给母亲每天打两个电话的习惯,不知不觉地变成了每天给妹妹电话。

"我跟你一起到安川去。"晕车严重的妹妹,听说第二天我想回村里看看时,毫不犹豫地告诉我。妹妹说:"学军明天上午要值班,让丽英(弟媳妇)陪我们一起去。"晕车的妹妹,第二天陪我回村里,一路吐了好多次,回千岛湖时,又吐得半死，真是遭罪，但妹妹坚执着陪我到父母坟上看看。

"学武哎，吃不吃茶？"依旧没有进家门，邻居夏义婶婶看到我时说。"给我一碗泉水喝吧。"假装随意地回答婶婶的话。

婶婶接了一碗泉水递给我，头也不抬，我咕嘟咕嘟一口气喝完，却不知不觉泪落——多少年里，每次回家一进家门都是母亲用大碗给舀水喝……

不打招呼地回家，是我很多年里的习惯，而这一次端午晚上回到老家，虽只能周五待一天，周六早晨五点就要离开千岛湖到杭州坐高铁，但就想看看再也没有人送"端午货"的妹妹香兰，想看看老家的好友们，还有一件重要的事——端午节第二天，参加好友竹根兄的儿子许侃的婚礼。

参加工作三十年来，我从未回老家参加过婚礼，就连弟弟妹妹结婚时，我也未能回去——那个时候，交通不便。这一次，没打招呼从北京回老家参加竹根孩子的婚礼，就是想带给朋友一份敬重、一份在意。

三十多年前，认识了家在县城排岭的朋友竹根，从那时起，我的母亲和妹妹到县城时，就有了个歇脚的地方，尽管竹根家当时也只有一室一厅的小套间平房，家里有老母亲，但竹根待我母亲如自己的妈妈……

感念这份真情，从没有回老家参加过婚礼的我，特意赶到婚礼现场表达我的祝福……

许侃、汪婉君新婚愉快！祝你们白头到老，愿你们走入幸福生活的同时，懂得亲疼平凡的父母……

（2016.6.14）

9 勿拂女儿心

"发工资了,哈哈。"

"今晚就给你配眼镜去。"

昨晚下班路上,接到女儿微信。字里行间透出开心,还有点不容商量非去不可的意思。

"不去了,有这份心就够了。要不等你成了万元户再去,或者等你拿到整一个月工资再去配眼镜?"不忍心说不字,委婉地给她回了微信。

"别客气啊。第一次拿工资,给你配眼镜多有纪念意义啊。晚上就去吧。"女儿执着地回复。

女儿今年大学毕业,喜欢文字的她像对待考大学一样,用心准备参加了求职考试,幸运地被自己向往的单位录用。

7月中旬女儿正式报到上班,昨天刚刚发了半个月的工资,饭补交通补等加在一起也就二千元,但人生第一次拿工资的女儿,大有不表达内心的喜悦就很难平静的感觉。

女儿上学期间属于节俭的孩子,生活里比较抠着自己,从没有提过要买什么名牌,但昨晚下班时第一件事是去银行查工资是否到账。

淳之情

"我查了,到账了。"虽是只拿到半个月工资的女儿,晚饭时依旧掩饰不住内心的幸福。"别看《湄公河大案》了,明天下班再回看吧。"女儿知道我想看电视剧,说得我有点不好意思。

其实,不舍得让刚拿到那么一点点工资的女儿掏钱给配眼镜,尽管戴眼镜的人都喜欢有副备用眼镜,尽管是女儿的一份心意。女儿看到我现在戴的备用眼镜是多年前的,已明显磨损,几天前就提出等发工资了一定给我配一副。

在女儿的催促下飞快吃了晚饭的我们,不由分说地被女儿带到眼镜店。

挑镜架、比较"套餐"价,1099元,不便宜,可女儿却很豪迈地刷了工资卡上第一笔也是唯一一笔工资,而我柔柔的心里,却有点刷疼的感觉。这是女儿人生的第一次工资,她还没来得及捂热,却已拿出一半多给老爹配了眼镜。

不忍心花女儿的钱,又不想拂了女儿的心。

(2014.8.5)

10 孩子，知恩是你懂得敬畏

"爸爸，明天请你们西餐吧！"
"西餐，我吃不饱啊。"
"那就去吃肯德基套餐！"
"不去，去吃烤鱼或者把烤鱼点回来。"
……

昨晚出去陪同学玩了一天的女儿回来，跟我讨论今天吃什么。吃不惯西餐，不会用刀叉的我，与女儿这么起哄着。

女儿是愿意把快乐与人分享的孩子。大三暑假那年，女儿参加调研活动。第一次打工，挣了640元钱，女儿愣是把其中的500元给了她奶奶（剩下100多元她要请爸爸妈妈吃饭），让奶奶买点好吃的。病中的奶奶最终未能自己去买好吃的，两个月后离开了我们，但我忘不了老人的眼睛里、老人的脸上溢满的幸福。

两年半前的八月初，女儿参加工作不到一个月，单位发了半个月的工资，饭补交通补等加在一起也就二千元。可那天晚上女儿却很豪迈地刷了工资卡上第一笔也是唯一一笔工资——花了1099元，给我配了副眼镜。今年春节放假，女儿单位发年终奖，是我的三倍多。"给我发红包吧。"微信里跟女儿开玩笑。当我回到家，女儿真的把红包放在我的桌上，旁边还有一个大大的"大白兔"——爸爸属兔，女儿以此作为过年礼物。

看着女儿把打工辛苦挣的第一份收入的大部分给奶奶，我的心里很感动。当女儿拿到第一次工资，还没来得及捂热，却拿出一半多给老爹配了眼镜，我的心里满是欣慰。女儿每个月发工资，都是交给她妈妈，自己只留下一点零花钱，我心里能感受女儿对生活的知苦心。这次年终奖，取出来的大部分，女儿都交给了她妈妈，自己只留下过年花的一点点，却给爸爸发了不小的红包——我再三推辞，女儿说："你可以用这个钱给我姑姑发红包啊。"我心里告诉自己，女儿长大了，长大的女儿心灵比外在的形象更美。

用女儿的红包给她姑姑发了两千元红包，我告诉老家的妹妹香兰"是惠惠给的"，妹妹特别开心。开心，其实我们都不是因为孩子给多少红包，而是因为孩子有颗知恩的心。

在女儿生日的今天，我想对女儿说："孩子，知恩是你懂得敬畏,知恩是感恩的出发,懂得敬畏,你的生命会更美丽,你的生活会更美好!"

孩子,生日快乐——给你的红包,爸爸已发出!

(2017.1.31)

11 感念辣酱

不是说走就走，却是想回就回的又一次旅途。不是回那个自觉不自觉常牵挂的地方，却是专程回离老家淳安已很近的杭城。

"徐梦建与唐淑英向学武兄问好，女儿徐丹倩与邓超新婚典礼于11月5日（周日）下午5点在杭州钱江新城举行，恭请光临。"十天前，收到在杭州工作的梦建兄的微信，他告诉了我女儿要结婚的喜讯，心里想参加他孩子的婚礼，又不敢保证一定能去。老家习惯，婚礼是晚上举行，当晚回来太赶了，就得请一天假。其实，这不是什么事儿——父母在世时，只要有机会就会回去，即便是出差到杭州，也会想法回老家一趟，每次都不提前打招呼，总是突然回村里看父母，在村里待一待，心里会幸福好一阵子。而现在，虽然交通比过去方便得多，若要回去，还是要起个大兴头。专程回去参加朋友孩子的婚礼，很难得很难得。

参加梦建孩子的婚礼，却心里愿意。梦建应该比我小两岁，是我初中毕业务农两年半后又去读初二时的同班同学。说同学，其实也就四五个月。

梦建初中成绩在班里最好,我们一起考上了淳安中学。高中他读的理科,我读的文科,就没有再在一个班,但我时常去他宿舍。梦建虽然家也在威坪农村,但父亲是医生,属于半工半农家庭的孩子,条件比贫寒的我家要好一些。他带到学校的辣酱,常是用肉熬的。我在《一生感念》《离不了的辣酱》博文里,都曾这么记录:"老去同学梦建那里蹭吃辣酱,他的辣酱里有腊肉,现在想起来都香。"不仅如此,有时碰到没米蒸饭时,还去他那儿借过(说借,其实基本不还)。

这么多年,只要家里用肉炸辣酱时,总会想起梦建的辣酱,那是艰难日子里梦建对我的关照。吃米饭时,我也时不时想起读书时到梦建那儿借米的情形。

梦建后来没上大学,但在我心里,他是真正的读书人。无论做什么工作,他都不忘写诗文,有时还是古体的。高中毕业后,他先是在公社里的供销社工作,后来到杭城《钱江晚报》发行站工作。梦建平时说话不多,但相处过的人,都会对他的厚道有深刻印象。你若跟他一起吃一顿饭,他会很安静地听别人说话,那份宁静,一定是从心里发出的。我跟梦建很少打电话,有了微信后,依旧很少互动,他总是默默地关注我的平淡博文。每当我有新的小文,无论写得怎样,他都点赞,且基本都转发在他的朋友圈——我知,这是一份关注和鼓励,也是对我的包涵。我也因此对文字多了一份敬畏,不敢随意发东西,我希望自己的每篇小文,都不辜负像梦建兄这样的好友"粉丝"的抬爱。

此刻已在去杭州的高铁上,但我没有告诉梦建。十天前收到他的邀请短信后,我这么回复:"周二周三才能定,要去也是高铁,周日当天去来不及,只有周六去。梦建兄,别作我去的准备。如果去,不用管我,我自己安排好。"昨天下班时,还很不地道发了微信给他:"梦建兄好!今晚起我要整理朋友圈微信,对外关闭两天。另,婚礼参加不了了,见谅。"其实,是不想让他看到我的行程信息,我甚至设置了不让认识他或可能跟他有联系的几个老家朋友看我的朋友圈。真心愿意明晚他孩子的婚礼上,突然看到我时,有一份意想不到的开心,我也以这样的方式表达祝福。

(2017.11.4)

12 其实,我们时常活在内心的碎叨里

总是会想起母亲病重那段日子里的情形。打止痛针后昏睡了一小觉醒来的母亲,多次指着旁边的病床,对我和妹妹说:"你们看,那儿好几只乌鸡(黑鸡)在跑。"并要翻身起来赶走。妹妹连忙说:"哪儿有啊,刚才你睡着做梦了吧?"可母亲坚持说:"鸡都在拉屎了,你们都看不见?"

母亲一生爱干净,但在家里,对到处乱跑的母鸡的态度却是嘴里大声驱赶着,却不真用杆子赶——母鸡下蛋是家里重要的经济来源。母亲用手抠了鸡屁股知道要下蛋时,会把母鸡关在鸡舍。下了蛋放出来后,节俭的母亲有时会抓一把粮食犒劳母鸡。可病房的床下哪有鸡啊。跟护士长探讨母亲的"折腾"。护士长告诉我:"止痛针打多了会出现幻觉,幻觉多了,是病危的信号……"知情况不好,母亲再说床下有乌鸡乱跑或床下有几只蚕在爬,我们兄妹便会回应,"是啊,真的有乌鸡""是有好几只蚕在爬"。有时我还故意"怪"妹妹,"你咋看不见呢,眼睛还没有姆好",妹妹也赶紧赔不是。

慢慢地,我理解了母亲,病房里念叨乌鸡和蚕在爬,是因为很多年里,养鸡和养蚕对母亲操持日子的重要。与养母猪一样,养鸡和养蚕是带给母亲生活盼头、帮着母亲捱过艰辛岁月的记忆里的金贵,金贵到一提及一想起就会又爱又恨地亲切。母鸡下蛋,带给母亲的不止是安慰,更是生活的希望。养蚕,起早贪黑,换来的是生活的奔头,这希望、这奔头里,有对我们的养育。母亲一遍一遍念叨鸡和蚕,是烙刻心灵深处的养鸡养蚕或喜悦或失望的情景记忆,在生命最后的日子里被激活。而记忆交错的幻觉带来的控制不住碎叨,妹妹和我还以为是母亲因做梦而"折腾"。

很少有人喜欢别人碎叨,也少有人愿意父母碎叨,却没有意识到,其实,我们自己也时常活在内心的碎叨里——碎片式的记忆、碎片化的灵感里,只是每个人承载形式不同、表达程度不一样,有人可以一吐为快地随时表述,有人却过了很久很久才会迸发。有的人将碎片式的记忆、碎片化的灵感变成了说的话,有的人把它们变成了生活里的倾诉,有的人把它们变成了音乐,有的人炼成了文字。

一位在外企做高管的大姐,无意中聊起这些年对年长于她很多的先生的照顾。有一天身为语言学教授的先生忽然指着她说:"你咋睡在我母亲的房间,这是我父母的家啊!"望着相伴多年的先生,大姐很是吃惊:"这明明是咱们的家,怎么说我睡在妈妈的房间里?"跟先生理论不通的大姐,不得不咨询医生,得知先生患上了阿尔茨海默综合症(老年痴呆症)。但很多时候,外人感觉先生的说话思路很清晰,根本看不出患了病,只是比从前固执。看先生的思维,只是比过去琐碎,从前不大可能说出的话,会出乎意料地说出来。不断了解阿尔茨海默综合症治疗知识的大姐,从各方面体谅和照顾先生,特别是了解到这个病对时间越久的事,记忆往往更清晰或更多浮现时,更像照顾小孩般悉心照顾先生,倾听先生或无意或不讲理的的碎叨,直到先生离去……

对更多身心健康的人来说,碎,是细致,是思维执着或反复的思想沉淀;叨,是或记忆或情绪或思想或愿望的有意无意的倾诉和表达。是否倾听亲人的叨叨,验证你对血脉之亲的敬畏程度。可否感悟朋友的倾诉,说明你是否至真至诚。而能否倾听自己内心的碎叨,说明你对自己的心灵是否尊重。

碎叨,是碎片式灵感或者碎片式记忆的念叨,是细细地将心思的珍珠串成生命的项链。忙碌的世界里，我们似乎没有太多时间读大段报告读长篇文字，但思维、思想和感触的碎片特点，记忆、回忆、相忆的碎片化特征，注定我们可以用微信或微博等碎片化记录平台，记载自己内心的碎叨，并将它们连成一串串珍珠般的记忆。

  静的心，柔的情。琐碎，只是更多更细的简单，所有的简单，都是以不同的感念以及或文字或语言交流为载体，以心地的温暖为归宿。碎碎的念叨，其实是长辈亲疼我们的细致，是朋友间的体贴。善待碎叨，生命会变得更温暖，人生会变得更绚丽，日子会变得更美好。

  尊重内心的碎叨，说明你体悟世界的能力还在。纵使碎片化，也是你生命的一部分或者生命轨迹的承载。就算有一天患上阿尔茨海默综合症，也可以让朋友读一读你曾经的碎片文字、碎片表达。

（2015.8.23）

五 补录

「乡读手记」

1 等下雪

小时候
喜欢下雪
是因为男孩可以打雪仗女孩可以堆雪人
随手捏一把雪球远远或近近地扔向你的头
心里喜欢调皮或慈祥就把雪人堆成什么样

长大后
盼着下雪
是因为下雪让整个世界变得一样地洁白
村里人说瑞雪兆丰年城里人抓拍浪漫情怀
这一年里如果没下雪会觉得时光没有美够

曾以为
只要在北方
每年就可以看江南很难见到的大雪纷飞
可这些年常常南方的老家山村早早下了雪
久居京都的人还在盼着雪把干燥空气抚慰

等下雪
这雪是感觉
融了都市的繁华每个角落进入一份恬静
我们的灵魂仿佛都回归遗落着的一份洁净
不管你是不是真忙碌过马路时都走得慢些

2 下雪了

下雪了
世界洁白了空气湿润了
骑单车的人小心翼翼快乐了
我们约定的一起去故宫看雪景的梦复活了

太久了
看雪景的相约不记得了
嗓子莫在干燥的空气里干咳
关于下雪的期盼成了冬天里最奢侈的快乐

开心了
这一次雨下着雪飘落着
星期一早晨坐地铁的人多了
空气清新了嗓子舒服了人们用手机拍快乐

收到了
下雪的早晨收到微信了
你说前天递去的书已经到了
生活的快乐一幕幕地跟雪景一起被储存了

3 慢慢说

别急,你慢慢说
想不起来了就从头来过
我小时候学说话时也记不住
可你一定比我待你要耐心得多

别急,你喝口茶
说着说着忘了想说的话
什么时候你想起来了重新说
就算想说的前两天刚告诉过我

你慢慢说,别急
等我老了没准跟你一样
该记的记不住想忘的忘不了
老重复说过的话自己感觉不到

你喝口茶,别急
你老得慢点我想陪着你
就算你最后想不起我的名字
就算你忘了刚说过的话的意思

4 本来平行两个人

心地交互着心地
你中有我我中有你
我们照顾着彼此的平凡
关心成了无需表达的在意

你我皆是平凡人
一起过着生活的真
每个节日你习惯了筹划
每天厨艺都表现得很认真

不会有蜜语甜言
但谁病了都会挂牵
白发已染了你我的两鬓
却偶尔举杯致敬逝去的光阴

本来平行两个人
因为缘分交集半生
我们彼此都不习惯许愿
只愿厨娘的你每天平平安安

5 父亲心

几杯酒下肚,一番豪情
敢有揽月之心,只因一番儿女情
明明经历不少的艰难却是轻描淡写
纵使遇到坎坷也会因责任而坚定前行

父亲的心,常不善表达
家里谁的生日他都会在心里记下
所有的付出都是担当的心甘和情愿
就算干不动了也会用心意支撑这个家

做父亲,因立地而顶天
情怀在他那儿其实更多就是情结
所有的承诺总会以结果把责任兑现
漂泊海角天涯也不会说自己孤独的夜

父亲的背影里你看到的或是一份潇洒
内心柔软的影子是你不曾拥抱的他
沧桑藏在了眼角皱纹和鬓角白发
其实平凡才是真正的他

平凡着的父亲,很少很少会说我爱你
生活多艰辛他都不怕只为儿女的你
你说这辈子做他的儿女没做够
他只想今生好好疼你

补录

或许你太像父亲，脾气倔得互不相让
其实你跟他吵了他心里还把你凝望
等到有一天你也做了父亲母亲
会明白温软是父亲心

别说下辈子，我们都好好把此生珍惜
我曾好多次不懂事地让父亲你生气
没事孩子没有父亲会记恨儿女
你的成长抒怀父亲心

6 风拂过雨飘过

树叶上风留下叮咛
在自己的季节放松心情
每一季会有每一季的风景
阳光从不吝啬但也不自恋光影

枝头上雨落下在意
要你呼吸这清新的空气
雨露阳光下的绽放很美丽
不负阳光不负雨露更不负自己

经过的微风里有你
你说叶落也是人间风景
每一片叶都有自己的故事
什么颜色都是自己喜欢的样子

雨对枝头说很爱你
真的真的心里她很在意
不要说曾经也不要太伤心
你寂寞时干枯时她就会来看你

树叶上风留下叮咛
枝头上雨落下的是在意
风拂过雨飘过经过皆美丽
真的什么时候自己都应该开心

7 放空

不等风,把自己放空
不等雨,让心思平添情趣
风风雨雨,懂放空才是懂得从容
什么也不等,有情趣的心思彼此相叙

时间流放在时间里,梦想涵养了梦想
哪天你在心灵渡口,撑一篙希望
邂逅了回忆,会不会激动
曾经的在乎还在心中

走啊走,在时光隧道
前行中,听风雨谱曲的妙
多少的美好,原来钟情简单的人
我相信时光温暖,皆源自心灵的真诚

写下一段故事,原来也是把自己放空
别过太久,发现自己还在心结中
信守美好,祝福相伴祝福
快乐,见证走过的路

8　我喜欢你快乐的样子

一地金黄
原来是时光
落叶说你未必懂我的温婉
我只是让风飘落你对岁月的惆怅

二重情丝
惊喜中相思
时光说每年此时是收获季
秋天说我喜欢的是你快乐的样子

三秋之隔
牵挂饰快乐
秋用金色扮人间从未变过
你的心情暖了这景致也就亮了

四季如歌
思忖莫羞涩
远方的秋问你何时来看我
你说你心里怕把攒着的相思惹

补录

一地金黄原来是时光叶说浓来必懂我的温婉我只是让风飘荡你对青春的惆怅

二〇二〇年十月 王连成书

▲ 时光

> 乡读手记

9 许

推开窗迎来新一天的晨光
不容易的昨日挥手在心房
每一程前行都是放下中拿得起
岁月为心灵写一句快乐是本意

思绪捋一捋
不必遣词造句
攒半世的平凡何妨
讲过的故事不为感伤

人生本意应该为快乐倾心
简单的人为幸福抒怀真情
听过的歌写的手记为日子梳妆
千转百回是情结里说几段沧桑

过好叫日子
未必感伤成诗
可把纠结融为情节
许自己向时光说谢谢

补录

许

推开窗迎来新天的晨笔不
宣昂的昨日探手在心房每一毫
前行都是放下中拿捏起步
用为心灵写一句快乐是丢意思
继续一持不忘逗词逗句攒才华
两年风雨娇词过词故事不可
感伤人生木多后该为快
乐顺心简单的人为幸福抒
怀真情听过的歌写过的
手记为的日子梳妆千娇百
四景情结里说几段浪漫
过好叫日子真实感伤成
请了把别结融的情节
许自己向时光说

▲ 许

10 还

还一段因为忙碌而忽略的时光
停一停脚步让自己不那么匆忙
还一程走得快而忘记的驻足
再思量什么叫真正的幸福

还一曲经年的歌心思变得纯粹
想想遗落了什么不是为了后悔
还一页留白的纸写你的感念
该走心的事不要总无所谓

出来混总是要还的那话可记得
道理好像很早就在书里看过的
我们为何有时候要欺骗自己
别不承认被欲念蒙圈本意

还自己一次走了心的灵魂反思
问问自己是否活成喜欢的样子
还时光本就不属于你的浮华
此去经年前行不会再走失

「补录」

还

还一般因为忙碌而忽略的时光净
一厚脚步让自己不明做自己还
一阵走得快而忘记初衷是再思是
什么的真实的幸福还一面镜看到
最初思考得忽将熟了遗忘了什
么又是为了后时还一页空白的纸写
给们感念该走心的事不重要无所谓
生平最要是无还初那话寸记得
道理好像很早就在书里有过的
我们为何有时候要欺骗自己别
不承认被做念蒙圈本意还目
巴一页走了心的灵魂友思肉向自己
是否活成喜欢的样子还时光本
就不属于你的济华年此去信
拿前行不会再走入

▲ 还

11　美逢其时

美逢其时
每个人都会有自己喜欢的样子
这是一个人人皆能活得出彩的时代
就看你以怎样的心态营造人生的状态

乐逢其时
每个人都可以活出想要的样子
想做该做能做的事就去努力做好吧
快乐是一种能力更是需要历练的品质

正逢其时
奋斗是这个时代共享的主题词
为了梦想因为向往我们选择了远方
在远方攒着感念在远方感念沉淀成诗

恰逢其时
沧桑只是每个前行的人的阅历
快乐是真谛就算有过多少的不容易
重逢时听你讲讲这些年你走过的故事

12 每一天都是奔头

继续地往前走
每一天都是奔头
慢慢懂了前行最是灵魂的自由
没有为什么只有希望在时光里讲究

别总说不容易
前行是岁月真谛
感伤不算伤有过的伤终会自愈
在岁月的泼墨里学会修炼自己情绪

故事记述故事
温暖终是主题词
牵挂一个人一个地方都是幸福
疼一个人感念一方水土皆是暖情愫

随性不是任性
深情涵养着真情
放下不堪才是懂得放过了心结
什么时候都对时光里的相遇说谢谢

13 山水故事

听山和水的故事
不像诗已经是诗
若是你到千岛湖来
山和水会为你抒怀

随处皆是画
静是一首歌
此去经年你何时归
根在此乡想回就回

清流山色间
溪声揽怀中
让山色陪着你晨练
让湖光伴着你运动

一湖秀水一泓心泉
连着乡愁连着巨变
连着一代代淳安人家国情怀的传承
涵养奉献勤劳求实感恩的淳安人文

随处皆是画
静是一首歌
来过一次你是不是还想来
根在不在此乡都欢迎再来

补录

▲ 清流山色

14 寻常说

聊可聊,寻常聊
说可说,寻常说
鸟语花香,天地间说唱

听可听,兼听则明
写可写,只为情结
出市还入市,出世亦入世

聊犹未聊,说如未说
天地传说,世间创作
有灵万物,看你的觉悟

未能悟道,莫怪无聊,
只听传说,说或白说
将心比心,我心换君心

静犹静,寻常静
走就走,寻常走
出世入世,本是一首诗

唱就唱,时兴说唱
唱未唱,世间绝唱
亲疼之未疼,活着一份真

寻常说

聊可聊寻常聊说可说寻
常说鸟语花香天地间说唱
听可听萧听叹听写可写一只鸟
情结出市还入市出世亦
入世聊犹未聊说如来说
天地传说世间创作有灵
万物皆深悟觉悟未能悟
道莫怪无聊只听佳说说
或曰说将此此心我心换君心
静犹静寻静走就走寻
常走出世入世本是一首诗
唱就唱时共说唱未唱世
向随唱韵奉之末赛浯着
一尘真

▲ 寻常说

15 暖暖

拂晓天渐亮
那枝头依稀待放
走过树影谁哼心头歌
触了晨光方知已进春光

乍暖思远方
教今世人莫断肠
那梦里的你歌谣轻唱
歌谣里的讲述融了惆怅

暖暖春色为谁的歌词润色
融进时光旋律谱一曲快乐
浅浅心事似忆走过的故事
那故事里尽是有你的真实

何必要放不下走过的岁月
何必不学着拿得起的自觉
阳光灿烂里享着春暖花开
你说为何不让时光暖情怀

春作歌一阕
时光从不曾爽约
倒影里绽放春的芬芳
树影婆娑映衬人影成双

补录

暖暖思远方
教今世人莫断肠
走过树影谁哼心头歌
触抚晨光方知已在春光

16 想看看你

少年的中年的年老的时光都是岁月
开心的苦恼的平和的心情皆为感觉
经历过悲欢离合酸甜苦辣才叫命运
凡是过往皆为序章完美生命在追寻

没有离别又怎能感受到相聚的快乐
没有过远行的孤独又怎会把乡思惹
都说有多少次相聚就有多少次离别
我说因为归来又道别才编织了情结

想看看你有时就是见面时一声问好
愿意又一次亲近原来是心把你拥抱
你的灿烂是那份勤劳你的美是宁静
汗水浇灌的幸福映在这溪流的温馨

我是一只远行又飞到你身边的小鸟
谢谢你总是能理解我没飞多远多高
每一程远行后总会回来给翅膀加油
你说这心事奢不奢侈只是释放乡愁

17　冬至

又到冬至上坟的日子
依旧是远方游子未归时
想想故去的亲人一定不会介意
心里时常的感念是对故人的最在意

习俗里上坟是为故去的人修修坟
其实也是修炼活着的人的灵魂
跟故人说话也是跟自己对话
清新灵魂让前行路更本真

不必过于遗憾自己曾经的没做好
故去的人愿意活着的人过得好
做好当下的自己才是真的好
过好了才不辜负故人的好

遥遥的我的心去上坟
念旧时光里故人的亲疼
上坟路上走一遍生命缘的聚散
两个世界交集是心思穿越万水千山

18 乡愁对我说

距离不是问题
只是时间有了不一样的意义
离家越久想家的路就会变得越长
为了梦想曾经做梦都想离开那个地方

距离也是问题
只是岁月记录了想家的含义
想着小山村的名字和温暖的故事
算算故乡有多远想想她从前的样子

乡愁她对我说
时间与乡愁会成正比也没错
距离与乡愁谁比谁更长如何丈量
那年带着青春远行归来两鬓已染霜

我要对乡愁说
谢谢你这一路风里雨里陪我
就算故人故土故事也让我落泪过
那是你拨动我想回家的心弦错没错

19 一碗面一念长

一碗面寄托了满心的希望
原来是最亲的人祝福的绵长
一碗面感念里是缘不断的时光
美好祝愿寄予在岁月的平平常常

生日面利市面夏至面
鸡蛋面熏干面肉丝面
南方面北方面方便面
谁炒的面你回味心间

饿了时吃一碗面荡气回肠
天冷时煮碗面卧个鸡蛋好爽
回味从前船上面美煞人的时光
那碗面激荡赶生活的人们的梦想

一碗面里珍惜一生缘
难忘幸福的那份简单
一世情里最是一念长
哪天我做碗面你尝尝

20 苦乐心定

几多悲喜心,一卷苦乐行
松了眉宇,落笔于情
经了旅程,是否渐入佳境
一丝感悟,苦乐心定

隔代人的传记,是后辈人说故事
所有人设,都是作者希望的样子
几念成佛,问时光时光秘而不宣
今次点赞,可是攒了来世的渊源

江湖的传说, 看谁在诉说
几度风雨,几多妙趣
简单描述,疑更牵肠挂肚
谁如传说,你先别说

回望不是回首,最是那感念的柔
你可是那人,故事里传说的那个
此念想,藏在了心头疑解相思愁
一阙如梦令,想填的词须载快乐

21 有一种遗落叫记得

有一种遗落
分明已是一种错过
却不曾认为是个过错
一次次停留过都只当路过

有一种停留
明明景致美不胜收
却在热诚里寂寞自己
心里说这个地方从没忘记

这一种遗落原来就叫记得
这一种停留分明就是快乐
一次次路过一回回再来过
其实是有点怕真情太深刻

见面的我们听彼此的故事
重逢又道别彼此若无其事
彼此祝福中无声关注彼此
我们活着各自喜欢的样子

遗落了遗落
记得的就没有错过
因你而牵挂一座城市
牵挂一个地方如吟一首诗

> 乡读手记

停留着停留
心里驻留已经足够
无需问彼此是否记得
每次路过和停留都很快乐

22　淳歌

何夕今夕矣
月影湖中有
何日今日矣
青山映水秀

晚归早出矣
情怀山水知
少年当户织
耕读传世矣

山水有情情唯山水
根在此乡你要常回
山水有情情系山水
此乡是根昨夜梦回

何夕今夕矣
月影湖中有
何日今日矣
青山映水秀

晚归早出矣
情怀山水知
少年当户织
耕读传世矣

乡读手记

山水有情情唯山水
根在此乡你要常回
山水有情情系山水
此乡是根昨夜梦回

23　千岛湖之春

袅袅鲜香拂面
缕缕清香扑面
丝丝柔情抚面
柔柔温情漫面

袅袅是春笋把鲜香献给了世间
缕缕是春茶把清香沏给了人间
丝丝是春雨把柔情飘落在凡间
柔柔是春光把温情洒落在心间

春风十里因你
十里春风为你
春天绽放春意
情意无需刻意

会去的一锅春笋你为我炖上吧
湖景里一杯春茶你帮我沏好吧
好吧春雨的温情会滋润你心田
来吧听春光说醉美人间四月天

让春意做心笺
我陪你轻轻荡漾在千岛湖湖面
让心意暖心间
山水淳安不知不觉会让你流连

24 时空

拥，旧日换新颜的感觉
享，轮回着四季的喜悦
伴，一路付出一路成熟
运动是时间与空间在对方的无垠驻足
就像思和想在彼此的纬度里交换脚步

感受时间与空间交互
谁可听懂宇宙的线谱
每个二十四小时往复
算不算浩瀚时空博大胸怀的义重情浓
谁能讲述结束和开始到底谁把谁包容

倘若没有了时间这世界是否还有空间
假如时空可以交换是否还有心心念念
那艰辛对意志的锤炼
还会留下怎样的诗篇
人们会用什么做书签

谁来说清山和水的依恋谁更离不开谁
谁来讲评时间与空间谁会更懂得慈悲
倘若出发是我的时间
假若归来是你的空间
我们就约定时空为念

补录

▲ 世间花开总无语,任由雨打风吹尔

25 奋斗的人都了不起

同学微信说去年很有些收获
朋友电话里说去年整体还不错
老家乡亲说去年高速路已通小镇
孩子说忙乎的去年年终奖比前年多

单位领导说这一年大家辛苦
同事说年底绩效多点就很知足
邻居说去年小区平平安安不容易
彼此感慨防新冠还要注意自我保护

人们点赞着奋斗奋斗的人都了不起
大家更深理解初心和使命的含义
众志成城焕发凝聚力和向心力
高质量发展成为新时代主题

从站起来富起来到强起来来之不易
大鹏一日同风起扶摇直上九万里
人民至上情怀从来不是说说的
唯涓滴之力汇聚成磅礴伟力

艰难方显勇毅磨砺始得玉成
心手相连接力着新时代新征程
春天来了人们在续写春天的故事
中华民族坚韧不拔书写新发展史诗

▲ 江山就是人民，人民就是江山

26 像风一样穿越

像风一样穿越
穿越进无数烈士鲜血染红的年代
代入感的老师在把历史娓娓道来
来到实地用心感受大别山的情怀

情怀百姓胸怀全局的大别山精神
神一样存在的信念大山一样深沉
深沉的情愫是那一份岭岭铸忠魂
魂佑革命取胜

胜在坚守信念胸怀全局团结奋进
奋进是勇当前锋的英烈的真性情
情深深是家家有红军山山埋忠骨
忠骨砥砺忠魂

魂系老区发展
发展告慰连名字都没留下的英魂
英魂见证为初心和使命落地生根
根植于百姓的百年大党太不简单

补录

▲ 数风流人物还看今朝

27 天亮的声音

天亮的声音是清丽的百灵
早起的鸟儿有食吃你信不信
早行的鸟儿传承着那一个勤字
早起的人儿收拾好了又出发的心情

天亮的声音是晨风的叮咛
每一天都是好风景只要心静
值守城市之夜的路灯要下班了
习惯了晨练的人们晨光里又出发了

天亮的声音头班车的辛勤
早起的感觉决定一天的心情
勤能补拙是我此生不变的相信
每天努力一点就可以收获快乐心情

天亮的声音是又出发的前行
天亮的声音滋润早起的基因
天亮的声音需要我静静地品
天亮的声音需要你留心去听

补录

▲ 何以典雅,修炼无他

28 时光不会

用一句平淡话开头
如寻常心乃你我相守
谁在谁的行间字里
新起一段当一次回眸

上一句和下一句押韵
如世间彼此的牵手
梅骨兰风赞清风荷韵
谁比谁更懂得温柔

诗和远方谁更无愁
哼一句路漫漫作感受
回首未必一定蓦然
感念比那思念要温暖

岁月从来不曾偏爱谁
时光自己不会悲摧
世间无释怀不了的愁
凡事不必总皱眉头

补录

29　愿中愿

唯愿山河无恙
无恙山河带给人间吉祥
唯愿万物可期
可期万物让世人皆如意

我以感念作香
祝愿幸福是人间的天堂
奋发最是华章
勤勉的人以芳华着文章

心情作诗远方就没多远
梦里又回安川
你听稻花香里一片蛙声
溪声淌着过门

快乐叫时光幸福叫岁月
美是最好感觉
昨夜梦里听见布谷鸟声
花香问候树高

注：安川，作者老家，千岛湖的一个小山村。

乡读手记

▲ 空谈误国,实干兴邦

后 记

不少朋友说起我写的"诗""诗歌"或"诗文"如何如何,这样的时刻我总是很惭愧,总会几分羞涩地回答,只是随手记录了一些寻常日子的寻常感触。

我不懂诗,更不懂歌。但生活就是一首诗,虽然平淡;生命,就是一首歌,纵使平凡。

你只要,尽量靠近生活的真实、生命的真谛,去表达内心,或许你的文字有意无意已经自带点诗或歌的味道。诗与歌抑或字与文的境界追求,大概就是为了传递一种情愫的真、情感的善、情怀的美。

真心愿意,《乡读手记》可以触动或燃起你内心关于乡愁、关于情怀、关于梦想的诗或歌。

感谢姚科老师二次创作,赋予文字更多的生命感悟,感激抒扬教授繁忙工作中抽出时间作序鼓励,感恩读者朋友的包涵、北大出版社的抬爱。

生命中,有你们真好!

2019年9月1日

生活是一首诗，生命就是一首歌

王学武

很温暖。在这么一个北方冬天的礼拜天，被乡情、友情、真情包围着。很开心，来自这么多领域的嘉宾，在燕园的北大书店，为新书《乡读手记》的首发，带来抬爱和鼓励。

每个人心里，都会有牵念的地方。这地方，或是曾经养育你的一方水土，或是不远千里你求学的都市，抑或是你创业和成长的地方，哪怕是在这个地方流过泪、感伤过，失去过，但她会自觉不自觉地出现在你的梦乡。走过很多年后，我们发现，原来时常牵挂着的地方，就是初心出发之地，是责任之源、力量之泉。

一个政党、一个国家、一个民族，不能忘却自己的初心。作为家国的一分子，也理应如此。不忘出发的地方，才会有感恩之心。记得出发的地方的人和事，才会成为一个温暖的人，才会在前行中感受点点滴滴虽微小但连成一线连成一片时，会温暖这个世界的美好。而乡情、乡亲、乡愁，总是以才下眉头又上心头的牵挂，阐释着平凡的生活原来如此温馨,总会以回去了会幸福好一阵子的美好,留存在一程程的记忆。

我一直感觉,不管你用什么方式记录平凡生活的美好的点滴,都是幸福滋润,是生命意义乃至生命本身的延伸。不少朋友问我新书为什么叫手记。很惭愧,真实地告诉大家,我所有的文字都是随手随心的寻常生活记录,算不上严格意义的诗文,所以称她为手记。

我不懂诗,更不懂歌,但生活就是一首诗,虽然平淡。生命,就是一首歌,纵使平凡。你只要,尽量靠近生活的真实、生命的真谛,去表达内心,或许你的文字有意无意已经自带点诗或歌的味道。诗与歌抑或字与文的境界追求,大概就是为了传递一种情愫的真、情感的善、情怀的美。《乡读手记》,记录的不只是生活越来越美好的今天,对乡情的感念、乡亲的感悟、乡愁的感怀,更多是对初心承载的人和事的一种感激。这种感念,相伴着我生命的每一天,甚至是生命的另一种形式。

真心愿意,《乡读手记》可以触动或燃你内心关于乡愁、关于情怀、关于梦想的诗或歌。感谢姚科老师赋予文字以生命的二次创作,感激抒扬教授繁忙工作中抽出时间作序鼓励,感恩读者朋友的包涵、北大出版社的抬爱。感激所有包涵我文字的朋友,今天要特别感谢来自老家淳安威坪镇和安川村的乡亲，还有来自浙江开化、山东青岛、安徽黄山等地的朋友，谢谢你们远道而来参加《乡读手记》的首发式。

梦想总是因初心而更美好，真情总会因初心共读而更浓。无论我们来自哪里，都不会忘记那个初心出发的地方；不论你远居何处，一定还记得初心、记得梦乡里常出现的地方。谢谢大家！

（本文系作者2019年12月8日在北京大学举行的"乡情乡亲乡愁感读会暨《乡读手记》首发式"上的致辞）

补录

▲ 言为心声

王学武

科技日报社发展研究部主任,出生于浙江省淳安县威坪镇安川村,1986年毕业于四川大学中文系。出版"孝亲三部曲"(《亲疼》《亲缘》《亲享》,北京大学出版社)。

姚科

毕业于北京广播学院播音系,现为中央人民广播电台节目主持人。